U0122460

跨越中西——
靳埭强与格吕特纳的海报对话

Zwischen dem Chinesischen und dem Westlichen Ein Plakatdialog
zwischen Kan Tai-keung und Erhard Grüttner

Between Chinese and Western
A Poster Dialogue between Kan Tai-keung and Erhard Grüttner

安徽美术出版社

对话： 靳埭强与格吕特纳海报展

Dialog: Plakatausstellung von Kan Tai-keung und Erhard Grüttner

Poster Exhibition: Dialogue - Erhard Grüttner - KanTai-keung

展览时间：二〇〇八年二月二日至二月十三日

Datum: 2 - 13 Februar 2008

Exhibition Time: 2 February, 2008 to 13 February, 2008

展览地点：香港大会堂

Ausstellungsort: Hong Kong City Hall

Exhibition Venue: Hong Kong City Hall

展览主办单位：香港康乐及文化事务署　香港文化博物馆
　　　　　　　汕头大学长江艺术与设计学院

Versanstalter: Hong Kong Leisure and Cultural Services Department
　　　　　　　Hong Kong Heritage Museum
　　　　　　　Cheung Kong School of Art and Design, Shantou University

Exhibition Organizer: Hong Kong Leisure and Cultural Services Department
　　　　　　　Hong Kong Heritage Museum
　　　　　　　Cheung Kong School of Art and Design, Shantou University

巡回展出合办单位：清华大学美术学院　南京艺术学院

Mitveranstalter für die Ausstellung auf Tournee: Academy of Arts and Design,
Tsinghua University und Nanjing Arts Institute

Co-organizers of the touring exhibition:Academy of Arts and Design, Tsinghua
University and Nanjing Arts Institute

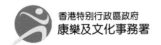   

编著：靳埭强
Chefredakteur: Kan Tai-keung
Editor in chief: Kan Tai-keung

项目总监：丁 羽
Direktor: Ting Yu
Director: Ting Yu

统稿：方若虹、陈碧如
Zusammenstellung: Alice Fang, Chan Pikyu
Compiler: Alice Fang, Chan Pikyu

翻译：陈静文、崔延蕙
Übersetzungen: Christine Chan, Tsui Yen Huei
Translators: Christine Chan, Tsui Yen Huei

书籍设计：林 靖、刘 青
Buchgestaltung: Lin Jing, Liu Qing
Book Design: Lin Jing, Liu Qing

制作单位：汕头大学长江艺术与设计学院
Organisator: Cheung Kong School of Art and Design,Shantou University
Organizer: Cheung Kong School of Art and Design,Shantou University

赞助：李嘉诚基金会
Sponsor: Li Ka Shing Foundation
Sponsor: Li Ka Shing Foundation

Index

目次

Index

序言

靳埭强与格吕特纳海报展

香港文化博物馆自二〇〇〇年十二月落成启用以来，已先后举办多项有关设计的大型展览活动。作为一个记录及展示香港文化的博物馆，增强及提高市民对香港设计的了解及兴趣是责无旁贷的。此外，海报是文化博物馆重点收藏之一，因此博物馆亦积极通过举办不同活动搜集海报，并进行研究和安排有关活动来推广设计艺术。

上世纪六七十年代，香港工业发展迅速，造就了不少本土设计师，在这辈设计师中，靳埭强是其中佼佼者。他在香港积极拓展其设计事业及创作艺术，还培育了不少设计及艺术人才。除了经常与本馆合作策划多个大型设计展览外，亦慷慨捐赠其多年设计作品及珍藏品作为香港文化博物馆的永久藏品。

这次展览所展出的海报作品，让观众能深入了解靳埭强多年的创作经历，并同时欣赏德国大师格吕特纳的精彩作品及其表现出的东西文化的异同，以及他们努力不懈的创新精神和卓越的艺术成就。

香港文化博物馆

Vorwort

lur Plakatausstellung von Kan Tai-keung und Erhard Grüttner

Das Hong Kong Heritage Museum hat seit seiner Eröffnung im Dezemeber 2000 in Bezug auf Design mehrere grosse Ausstellungen und Projekte veranstaltet. Das Museum hat die wichtige Aufgabe, die Kultur von Hongkong aufzuzeichnen und auszustellen, um die Kenntnisse und Interessen der Bevölkerung für Design zu fördern. Ausserdem ist das Plakat ein Schwerpunkt in der Sammlung des Museums, auch durch die veranstalteten Ausstellungen bereichert das Museum vehement seine Plakatsammlung, setzt sich damit auseinander und plant Projekten, um das Plakatdesign zu fördern.

In den 60er and 70er Jahren entwickelte sich die Wirtschaft in Hongkong rasant; dies hat dann auch viele Designer und einen einzigartig gemischten Stil von West und Ost in Hongkong hervorgebracht. Kan Tai-keung ist ein Vertreter dieser Generation. In Hongkong engagiert er sich energisch für Design und Kunst und übt einen heilsamen erzieherischen Einfluss auf die jüngere Generation aus –dadurch sind viele ausgezeichnete Designer und Künstler geworden. Er kuratiert viele grosse Designausstellungen mit uns und schenkt uns ausserdem grosszügig viele seiner eigenen Werke und Sammelwerke über die Jahre hinweg.

Die Plakate in dieser Ausstellung bieten uns nicht nur die Chance, sich mit dem langen Schaffen von Kan Tai-keung auseinanderzusetzten, sondern auch die Vorzüglichkeit der Werke des deutschen Meisters Erhard Grüttner und seine Ähnlichkeiten und Unterschiede zur östlichen Kultur zu bewundern. Der Fleiss und kreative Geist sowie die ausgezeichneten künstlerische Errungenschaften der beiden Meister werden von uns geachtet.

Hong Kong Heritage Museum

Preface

Poster Exhibition: Dialogue - Erhard Grüttner - Kan Tai-keung

The Hong Kong Heritage Museum has organised a number of large-scale exhibitions on design since its opening in December 2000. As a museum that records and presents the heritage of Hong Kong, we have a responsibility to enhance the public's understanding and appreciation of Hong Kong's design. "Posters" form part of our main collections. The Museum not only acquires posters actively through the organization of various programmes but also conducts research and arranges relevant activities to promote the art of design.

After rapid industrial development in the 1960s and 1970s, Hong Kong has produced many local designers of our own who are unique in their blending of Eastern and Western styles. Kan Tai-keung is one of the most representative figures. Actively pursing a career in design and art in Hong Kong, he is also dedicated to nurturing talented artists and designers. He has frequently collaborated with our Museum in a number of large-scale design exhibitions, and generously donated his own works and private collections to the Museum.

Posters featured in this exhibition help to promote a deeper understanding of Kan Tai-keung's creative endeavours over the years and an appreciation of the outstanding works of the German design master Erhard Grüttner. It is our hope that one can appreciate their creative efforts and excellence in artistic achievements through the exhibition and at the same time discover the differences and similarities in Eastern and Western cultures.

Hong Kong Heritage Museum

靳埭强简介

一九四二年生于广东番禺，一九五七年定居香港。初为学徒，满师后当裁缝师，如此十年之久。其后在香港中文大学校外进修部攻读设计课程。一九六七年开始从事设计工作，屡获奖项，享负盛名：一九七六年创办设计公司，作品受高度评价，成为驰名中外的设计师。

靳氏曾在本港及海外设计比赛中获奖数百项。其中包括数项纽约创作力年展金奖，两项亚洲广告奖之最佳机构形象设计奖，美国洛杉矶国际艺术创作展金奖，多项美国纽约 CLIO 大奖总决赛奖，日本字体设计年刊之最佳作品奖，纽约水银金奖，纽约银河国际大奖，多项美国 CA 奖，波兰第一届国际计算机艺术双年展全场冠军。在香港，靳氏于一九七九年成为首位入选香港十大杰出青年的设计师，一九八四年更是唯一获市政局设计大奖的设计师。他又于一九九一年获香港艺术家年奖之设计师年奖，一九九二年获选为九十年代风云男士，一九九八年获得杰出成就大奖，一九九九年获香港特区铜紫荆星章勋衔，二〇〇〇年获英国二十世纪杰出艺术家及设计师的称号，更于二〇〇四年获世界杰出华人设计师称号。二〇〇二年中国中央电视台邀请其拍摄《东方之子》人物记录专辑。

靳氏作品经常展出海外各地，并获国际权威设计刊物刊载，更被日本《IDEA》、《CREATION》、《流行通讯》、《Morisawa Quarterly》、瑞士《GRAPHIS》、德国《NOVUM》及美国《Communication Arts》

等设计杂志作专题评介。一九九三年，被《IDEA》杂志选为世界平面设计师百杰之一，而在一九九五年成为首位名列世界平面设计师名人录的华人。他的设计作品更被德国慕尼黑州立博物馆、汉堡博物馆、丹麦哥本哈根装饰艺术博物馆、法国巴黎装饰艺术协会、中国香港文化博物馆、日本大阪天保山博物馆及大垣海报美术馆等收藏。

靳氏热心艺术教育及专业推广的工作，经常在各院校授课及赴海外演讲，出任设计组织的顾问和比赛评判等。现时是香港设计师协会资深会员及顾问、比利时国际商标中心荣誉大使、国际平面设计师联盟 AGI 会员、清华大学客座教授、北京中央美术学院客座教授、江南大学设计学院客座教授、西安美术学院客座教授、桂林电子工业学院客座教授、昆山科技大学客座教授、康乐及文化事务署艺术顾问及香港艺术馆荣誉顾问等。靳氏又致力写作，曾出版十多本设计专论，包括：《平面设计实践》、《商业设计艺术》及《物我融情——靳埭强海报选集》等。他又完成编著《中国平面设计书系》，新著作《视觉传达设计实践》已经面世。他对青年一代设计师具有深远的影响力。

二〇〇三年，汕头大学邀请靳氏协助筹办长江艺术与设计学院，并请他担任该学院院长，进一步致力于中国现代设计教育的改革事业。二〇〇五年获香港理工大学荣誉设计学博士学位。

Biographie von Kan Tai-keung

1942 in China geboren, zog Kan Tai-keung 1957 nach Hongkong. Nach zehn Jahren als Lehrling und Schneider begann er, Grafikdesign zu studieren und nahm an Kursen für angewandtes Design der Volkshochschulabteilung der Chinesischen Universität Hongkong teil. Ab 1967 begann Kan seine Karriere als Designer, und die von ihm errungenen Auszeichnungen verhalfen ihm zu sofortiger Anerkennung. 1976 gründete er seine eigene Designfirma. Seine Werke waren hoch geachtet und er wurde ein international angesehener Designer.

Kan hat mehrere hundert Auszeichnungen sowohl in lokalen als auch in internationalen Wettbewerben gewonnen. Dazu zählen einige Auszeichnungen in Gold bei der Creativity Show in New York; zwei für bestes Corporate Identity Design als Auszeichnung in asiatischer Werbekunst; die Auszeichnung in Gold beim Internationalen Kunstwettbewerb in Los Angeles; den CLIO Award bei der Endausscheidung in New York; beste Arbeit in "Angewandter Typographie 6", Japanisches Jahrbuch; die Auszeichnung in Gold beim New Yorker Mercury Award; den Großen Internationalen Preis bei den New Yorker Galaxy Awards; zahlreiche CA-Auszeichnungen in New York; den Ersten Preis in der Ersten Internationalen Computerkunst-Biennale im polnischen Rzeszów. In Hongkong war er der erste Designer, der als einer der "Zehn Herrausragendsten Jungen Personen" im Jahr 1979 gewählt wurde; der einzige Grafikdesigner, der den Großen Preis in Design des Stadtrats im Jahr 1984 erhielt (bester Designer der Ausstellung); hinzu kommen die Auszeichnung als Künstler des Jahres – Designer des Jahres 1991, "Männer der Neunziger" im Jahr 1992, die Auszeichnung für Herausragende Leistungen im Jahr 1998, der Ehrenstern Bauhinia in Bronze im Jahr 1999, eine Auszeichnung als herausragender Künstler und Designer des 20. Jahrhunderts im Jahr 2000 in England und die Auszeichnung als "Weltbester Chinesischer Designer" im Jahr 2004. Kans herausragende Leistung erhielt zusätzliche Anerkennung, als er im Jahr 2002 vom Zentralen Chinesischen Fernsehen (CCTV) mit einem Dokumentarfilm über sein Leben geehrt wurde.

Auf internationaler Ebene ist man auf Kans Errungenschaften aufmerksam geworden durch Sonderbeiträge in führenden Publikationen wie der Zeitschrift IDEA, der Zeitschrift Creation , dem Ryuko Tsushin Magazin und dem Morisawa Quarterly in Japan; Graphis in der Schweiz, NOVUM in Deutschland; und Communication Arts in den USA, etc. 1993 war er der einzige Chinese, der von der angesehenen japanischen Zeitschrift IDEA als einer der 100 weltbesten Grafikdesigner gewählt wurde; zudem ist er der erste Chinese, der im Who's Who des Grafikdesigns in der Schweiz geführt wird. Seine Grafikarbeiten sind Bestandteil von Sammlungen im Staatlichen Museum München in Deutschland; im Hamburger Museum für Kunst und Gewerbe; im Museum für Dekorativkunst im dänischen Kopenhagen; in der Universität Connecticut und der Union des

Arts Décoratif in Paris, im Hongkong Heritage Museum und im Suntory Design Museum und Ogaki Poster Museum in Japan.

Kan setzt sich aktiv für die Vermittlung und Förderung der Kunst sowie für den Beruf des Designers ein. Er hält oft Vorlesungen in Hongkong und in Überseeinstitutionen und fungiert als Berater verschiedener Organisationen oder sitzt in der Jury bei Wettbewerben. Er ist langjähriges Mitglied und Berater des Designerverbands Hongkong, Ehrenbotschafter des International Trademark Center in Belgien; Mitglied von Alliance Graphique Internationale; Gastprofessor der Tsing Hua Universität in Peking; Gastprofessor des Zentralinstituts für Bildende Künste in Peking; Gastprofessor der Southern Yangtze University, Schule für Design; Gastprofessor des Kunstinstituts in Xian; Gastprofessor der Universität für Elektrotechnik Guilin; Gastprofessor der Kunshan Universität of Technology in Taiwan; Berater des Leisure & Cultural Services Department und ehrenamtlicher Berater des Hongkong Museum of Art. Kan hat mehr als zehn Bücher über die Grundlagen des Designs verfasst; zu nennen sind: "Angewandtes Zweidimensionales Design", "Die Kunst des Grafikdesigns", "Ansichten und Harmonie, Ausgewählte Poster von Kan Tai-Keung" etc. Er hat gerade eine Bücherreihe über "Grafikdesign in China" herausgegeben. Das Buch "Angewandtes Design Visueller Kommunikation"ist ebenso gerade erschienen. Seine bedeutende und einflussreiche Rolle hat ihn in eine angesehene Position in der Welt des Designs gehoben.

Im Jahr 2003 wurde Kan zum Dekan der Cheung Kong Schule für Kunst und Design der Universität Shantou ernannt, um als Assistent bei Koordinationsaufgaben zu fungieren. Im Jahr 2005 erhielt er einen Ehrendoktortitel in Design der Polytechnischen Universität Hongkong.

Biography of Kan Tai-keung

Born 1942 in China, Kan Tai-keung moved to Hong Kong in 1957. After spending ten years as apprentice and tailor, he started studying design and took up applied design courses at the Department of Extramural Studies, Chinese University of Hong Kong. From 1967, Kan started his career as designer, the awards he received had brought him to immediate prominence. In 1976, he founded his own design firm. His works were highly appreciated and he became an international renowned designer.

Kan has received numerous awards in both local and international competitions. Among them included a few Gold awards in Creativity Show, New York; two Best Design Corporate Identity, Asian Advertising Award; Gold Award, International Art Competition, Los Angeles; CLIO Award, Finalist Certificates, New York; Best work in "Applied Typography 6" Yearbook, Japan; Gold Award in Mercury Award, New York; Grand Winner - Best of International in Galaxy Awards, New York; numerous CA Awards, New York; 1st Prize in the 1st International Computer Art Biennale in Rzeszów, Poland; In Hong Kong, he was the first designer elected as one of the "Ten Outstanding Young Persons" in 1979; the only designer to receive the Urban Council Design Grand Award (Best Designer of the Exhibition) in 1984; Artist of the Year Award - Designer of the Year 1991, "Men of the Nineties" in 1992, Outstanding Achievements Award 1998, Honor of Bronze Bauhinia Star in 1999, Outstanding Artists and Designers of the 20th Century in 2000 and "World's Outstanding Chinese Designer" in 2004. Kan's outstanding achievement was further recognized as he was invited by the China Central Television (CCTV) for a feature story in 2002.

Kan's accomplishments have earned him international publicity through exposures in prominent publications such as the special features in IDEA magazine, Creation magazine, Ryuko Tsushin magazine and Morisawa Quarterly, Japan; Graphis, Switzerland; NOVUM, Germany; and Communication Arts, U.S.A., etc. In 1993 he was the only Chinese selected by Japan's prestigious design magazine IDEA as one of the 100 World's Graphic Designers; and is the first Chinese to be included in Who's Who in Graphic Design of Switzerland. He also has design work collections in Staatliche Museum of Muchen in Germany; Museum fur Kunst und Gewerbe, Hamburg; Museum of Decorative Art in Denmark; University of Connecticut and the Union des Arts Decoratifs in Paris, Hong Kong Heritage Museum, Suntory Design Museum and Ogaki Poster Museum in Japan.

Kan takes an active role in educating and promoting art and design as a profession. He lectures frequently in Hong Kong and overseas institutions, acting as advisors for associations and adjudicates at competitions. He is now the Fellow Member and Adviser of Hong Kong Designers Association, Honorary

Ambassador of International Trademark Center, Belgium; Member of Alliance Graphique Internationale; Guest Professor of Tsing Hua University, Beijing; Guest Professor of Central Institute of Fine Arts, Beijing; Guest Professor of Southern Yangtze University, School of Design; Guest Professor of Xian Art Institute; Guest Professor of Guilin University of Electronic Technology; Guest Professor of Kunshan University of Technology, Taiwan; Advisor of the Leisure & Cultural Services Department and Honorary Advisor of Hong Kong Museum of Art. Kan has written more than ten books on design principles, which included: "Applied Two-Dimensional Design"; "The Art of Graphic Design"; and "Sentiments and Harmony, Selected Posters By Kan Tai-keung", etc. He completed editing a series of books on "Graphic Design in China". The book named "Applied Visual Communication Design" has also been newly published. His significant and influential role has won him a distinctive position in the design world.

In 2003, Kan was appointed as the Dean of the Cheung Kong School of Art and Design, Shantou University to assist its coordination work. In 2005, the Hong Kong Polytechnic University conferred Kan an Honorary Doctor of Design.

内容与形式上的结拜兄弟

二〇〇五年的秋天，在德绍包豪斯的论坛上，我认识了靳埭强，我也开始欣赏他。当时，他到访我们的学校，我们还一起为设计系的学生办了共同的作品展。那次的接触加上对他的海报创作的综合认识，显示出许久以来，在许多国际双年展或是在展览目录中，他的作品的确相当出色。我对他的海报创作所具有的明朗的形式和严谨的思路，早已留下了深刻的印象。

从他的作品中，我看出他对于『海报』这种媒介有着驾轻就熟的功夫。海报中，简练的视觉信息是以最精准与有活力的方式创作而成。因此，他的作品也与我们这个时代所有昙花一现和后现代不经心的设计形成了南辕北辙的对立。可以感受出来，他是以高度的责任感来维护自己的文化背景，而不是用急就章的呈现方式。他的智慧及条理分明的观念性思考能力，造就出既微妙又特殊的艺术。高度美学的要求是他设计画面所具有的特色，而画面的想法则是基于关怀观者的立场，及观者对所传达信息的知性与艺术性的要求。他多面的能力和令人惊喜的丰富造型创意，是值得我们尊敬与肯定的。

虽然我们因文化的关系，在设计的语言与媒材的使用上有很大的差异，但是我们对海报这个媒体的要求是不分上下的。在德绍和柏林的饭局中，我们交换了一些心得，于是他提出了一个想法，便是在学院里举行中国与德国对话的海报合作展。希望这些展览，能达到我们的期待目标，将原创和革新的视野介绍给同学，并且激发同学和我们（在内容与形式上）进行讨论与研究。

由于靳先生所在学校大方款待，从二〇〇五年到二〇〇七年，我得以认识了一些中国的城市，对于我这个永远充满好奇心的人来说，迄今，这些旅行都是美妙的经验。在中国能得到如此缤纷的印象，在此，我再一次衷心地感谢。

格吕特纳

Eine Wahlverwandtschaft bei Inhalt und Form

Ich habe Kan Tai-keung im Herbst 2005 bei einem Forum am Bauhaus Dessau persönlich kennen und schätzen gelernt. Der Anlass war sein Besuch unserer Hochschule und die gemeinschaftliche Präsentation unserer Arbeiten vor Design-Studenten. Diese persönliche Begegnung und eine komplexe Sicht auf sein Plakatschaffen zeigten, daß eine Vielzahl seiner Arbeiten mir schon seit längerem bei den Internationelen Biennalen oder in deren Katalogen aufgefallen waren, denn die klare Form und die gedankliche Strange seiner Plakatkreationen haben mich schon dort beeindruckt.

In seinen Arbeiten zeigt er die souveräne Beherrschung des Mediums "Plakat". Hier werden komprimierte visuelle Botschaften von höhster Prägnanz und vitaler Kraft gestaltet. Seine Arbeiten stehen mit dieser kontinuität in klarer Gegenposition zu allen kurzlebigen und postmodern beliebigen Design-Trends unserer Zeit. Hier wird eine hohe Verantwortung und Wahrung seines kulturellen Backgrounds spürbar. Es sind keine schnellen Lösungen. Seine Intelligenz, die Fähigkeit zu systematisch konzeptionellen Denken, führt zu äußerst subtilen und künstlerisch außergewöhnlichen Ergebnissen. Ein hoher ästhetischer Ansprach ist seinen Bildfindungen eigen. Seine Bildideen basieren auf einer humanistischen Position zum Betrachter und dessen Ansprüche auf eine intelligente künstlerische Form der jeweiligen Botschaft. Diesen vielseitigen Fähigkeiten, diesem überraschenden gestalterischen Erfindungsreichtum gebührt Respekt und große Anerkennung.

Obwohl wir kulturgegeben sehr unterschiedliche grafische Sprachen und Mittel anwenden, ist doch der Anspruch von uns an dieses Medium kongruent. Bei einem gemeinsamen Essen und kurzem Gedankenaustausch in Dessau und Berlin wurde von ihm die Idee geboren, unsere Plakatsprache im Dialog in China und in Deutschland, in Form gemeinsamer Ausstellungen an den Hochschulen zu präsentieren. Mäge diese Idee die Hoffnung erfüllen, daß unsere Plakatausstellungen den Studenten kreative und innovative Ansichten vermitteln, sie sich mit unseren Sichtweisen (bei Inhalt und Form) auseinandersetzen.

Von 2005- 2007 wurde mir durch eine großzügige Gastfreundschaft ermöglicht, einige Städte Chinas kennen zu lernen. Diese Reisen waren bisher eine wunderbare Erfahrung für meine permanente Neugier. Für diese vielfältig gewonnenen Eindrücke möchte ich mich auch hier noch einmal recht herzlich bedanken.

Erhard Grüttner

An Affinity in Content and Form

I met Kan Tai-keung in person and came to admire him at a forum at the Bauhaus in Dessau in the autumn of 2005. The occasion was his visit to our university and the joint presentation of our works to design students. Through this personal encounter and a complex view of his poster creations, I found that a large number of his works had already attracted my attention in the international biennials or in catalogues long ago, for the clear form and the strictness of thought of his poster creations had already impressed me greatly.

In his works, he shows a complete mastery of the medium of "poster". Here, condensed visual messages of the greatest conciseness and vigorous strength are created. With this continuity, his pieces stand in clear opposition to all kinds of short-lived and arbitrary postmodern design trends. One notes a high sense of responsibility and an effort to preserve his cultural background. They are by no means quick solutions. With his intelligence and ability of systematic conceptual thinking, he produces highly subtle and artistically remarkable results. His pictorial inventions have a high aesthetic claim. His ideas are based on a humanistic position to the viewer and meet the viewer's demand for an intelligent artistic form of the message conveyed. This versatility and this surprising inventive richness command respect and deserve great recognition.

Even though we use very different graphic languages and means due to our cultures, we have similar demands on this medium. During a meal together and a short exchange of ideas in Dessau and Berlin, he came up with the idea of presenting our poster languages in a dialogue in China and Germany in joint exhibitions at the universities. I hope our poster exhibitions can communicate creative and innovative views to students, so that they can study our ideas (in terms of form and content).

Between 2005 and 2007, I was able to visit some Chinese cities through your generous hospitality. These trips were so far a wonderful experience and satisfied my constant curiosity. Once again, I would like to express my most heartfelt thanks for these diverse impressions.

Erhard Grüttner

格吕特纳海报
Plakate von Erhard Grüttner
Posters by Erhard Grüttner

靳埭强海报

Plakate von Kan Tai-keung

Posters by Kan Tai-keung

工作室展览——艺术家工会工作室展览（1981）

艺术家工会工作室展览（1981）.

1981年

Werkstattausstellung

Werkstattausstellung des Verbandes Bildender Künstler 1981.

Workshop Exhibition

Workshop exhibition of the Association of Fine Artists in 1981.

一画会会展

一画会以石涛「一画」精神创会，会员均探索传统与创新的画风。我用毛笔写的「一」字与现代几何结构笔画将「一」与「画」结成一体，表现主题。

跨越中西——靳埭强与格吕特纳的海报对话

一畫會會展

ONE ART GROUP SHOW

香港藝術中心四樓包兆龍畫廊

一九八三年二月廿二日至廿八日

PAO SUI LOONG GALLERIES

HONG KONG ARTS CENTRE

22-28 FEBRUARY 1983

DESIGN: KAN TAI-KEUNG

1983年

Show der Gruppe Eine Kunst

Eine Gruppe von Malern hat einen Verein im Geiste von "Einer Malerei (Kunst)" von Shi Tao gegründet. Die Mitglieder setzen sich mit der Tradition und der Erneuerung der Malerei auseinander. Ich verband das von Pinsel geschriebene "一" (Eins) mit den Strichen der modernen geometrischen Konstruktion, und ließ damit "一" und "Malerei" eine Einheit bilden. Das Thema des Plakates wurde abgebildet.

One Art Group Show

One Art Group was founded by Shi Tau's "one art" spirit. Members of the group are exploring the corssover of tradition and innovation. The exploration is brought forth by the artistic integration of the Chinese characters "一" (one) and "画" (painting)

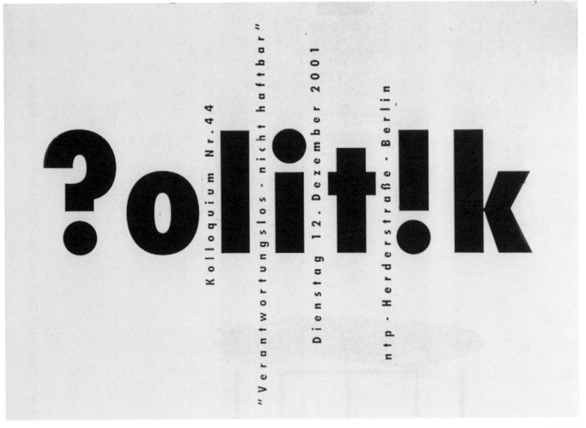

?olit!k

Kolloquium Nr.44

"Verantwortungslos · nicht haftbar"

Dienstag 12. Dezember 2001

ntp · Herderstraße · Berlin

2001年

政治

针对政治卫生（洁癖）论坛作的海报。

Politik

Plakat für ein Forum zur politischen Hygiene.

Politics

Poster for a forum on political hygiene.

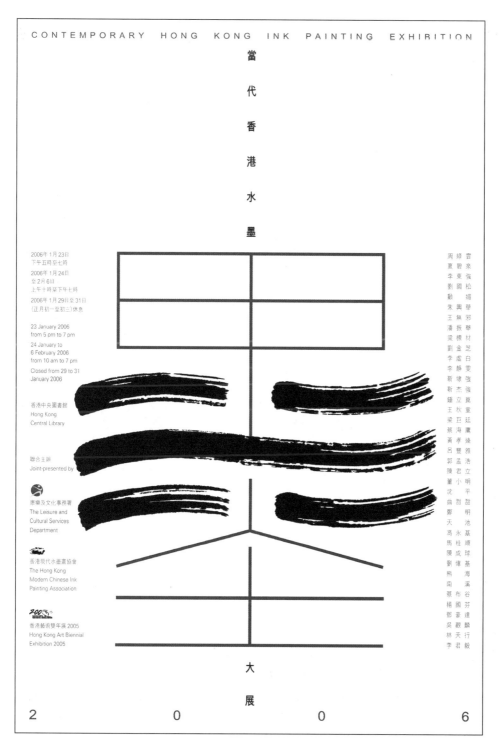

跨越中西——靳埭强与格吕特纳的海报对话

2006年

Ausstellung Zeitgenössischer Chinesischer Tuschmalerei in Hongkong

Das Wort "Wasser" (水) in Siegelschrift wird mit dem Wort "Tusche" (墨) im modernen "ITC Gill Sans" Schriftbild kombiniert, um die Überlieferung und neue Schöpfung der Tuschmaler in Hongkong darzustellen.

Hong Kong Contemporary Chinese Ink Painting Exhibition

The Chinese characters "水" (water) and "墨" (ink) are presented by the ancient and modern Chinese calligraphy respectively. The fusion of tradition and innovation represents the the distinguishing feature of Hong Kong's water-ink painting.

比赛／葛洛斯（德国戏剧家）

一场足球赛后的暴动，造成伤亡的现代剧。

1978年

Match / Jürgen Groß (Deutscher Dramatiker)

Ein Gegenwartsschauspiel über Gewaltausschreitungen mit Todesfolge nach einem Fußballspiel.

Match / Jürgen Groß (German dramatist)

A contemporary play about violent riots after a football match with fatal consequence.

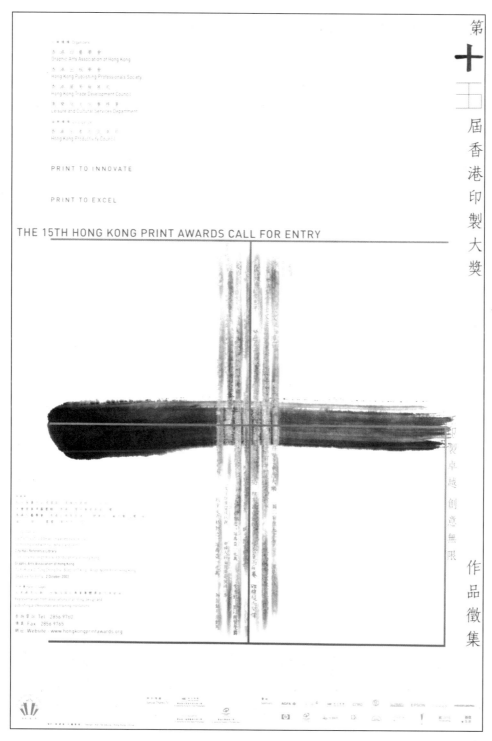

15. Peisverleihung Druckkunst in Hongkong

Ein Bild mit den Zeichen "十五" (15) erzeugt reiche visuelle Effekte. Die zentrale Vertikale ist in der Typograpie des alten Buchdruckes gestaltet, um das Thema des Druckens hervorzuheben.

The 15th Hong Kong Print Awards

The visual effect of the figure is much enriched by the artistic treatment of the Chinese characters "十五" (15). The theme of printing is highlighted by a book of the old-fashioned edition on the central verical line.

腓特列大帝／诺瓦钦斯基（波兰戏剧家）

腓特列大帝（普鲁士国王）如何不通过战争而治国。

1981年

Der große Friedrich / Adolf Nowaczynski (Polnischer Dramatiker)

Wie Friedrich der Große (König von Preußen) sich ohne Krieg Land aneignet.

The Great Friedrich/Adolf Nowaczynski (Polish dramatist)

How Friedrich the Great (King of Prussia) appropriates land without going to war.

跨越中西——靳埭强与格吕特纳的海报对话

MOUNTAINS AND BEYOND

2005年

Berge und Darüber Hinaus

Ein auf Einladung gefertigtes Plakat mit chinesischen Redewedungen als Thema . Ich kombinierte chinesische Kalligraphie und Landschaftsmalerei und das Wort "山"(Berg) im modernen Stil. Die Überlappung der Bilder und Wörter lässt die Idee "Berge und Darüber Hinaus" entstehen.

Mountains & Beyond

A work by invitation, the crossover of a landscape painting and the Chinese character "山" (mountain) tells about the idea of "Mountains & Beyond".

哦，美好的日子／贝克特（爱尔兰戏剧家）

在这出戏中，世界在一场荒谬的游戏中瓦解，既没规则也没目标，许诺给人的是，在孤独中死去。是对后中产阶级社会的写照。

glückliche tage

theater der altmark

samuel beckett

2007年

Glückliche Tage / Samuel Beckett (Irischer Dramatiker)

Hier wird die Welt in ein absurdes Spiel aufgelöst, das weder regeln noch Ziel kennt. Die Verheißung ist ein Verenden in der Einsamkeit. Es handelt sich hier um eine Spiegelung der spätbürgerlichen Realität.

Happy Days / Samuel Beckett (Irish dramatist)

The world is dissolved into an absurd play that knows neither rules or goals, and man is doomed to perish alone. This is a reflection of the late bourgeois reality.

跨越中西——靳埭强与格吕特纳的海报对话

竹尾纸业 一百周年

用木尺加入「一〇〇」数字，寓意为「百尺竿头，更进一步」。

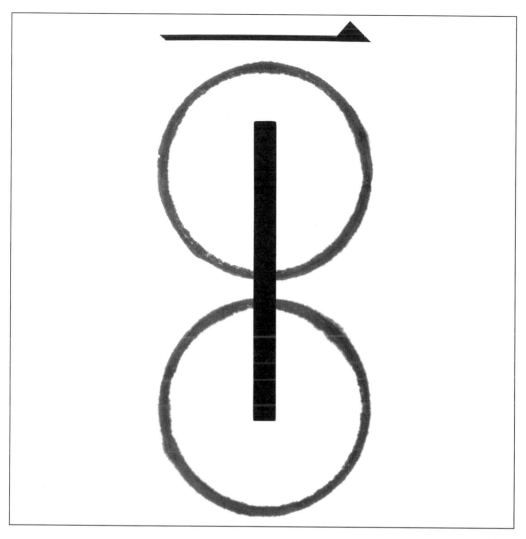

1999年

Zhu-Wei Papierunternehmen, 100-jähriges Jubiläum Staub 100

Die Nummer 100 wird in ein hölzernes Lineal hizugefügt und drückt damit den metaphorischen Glückwunsch "das Ende einer Hundert-Fuß-Bambusstange und einen Schritt weiter" aus.

Dust 100

Chinese numerals "一〇〇" (100) were added on a wooden ruler to celebrate Dust 100.

等待戈多 ／ 贝克特（爱尔兰戏剧家）

描写完全无法理解、接近的意识状态。世界在一个荒谬的游戏中瓦解，没有规则也没有目标，而人类在最疏离的状态中，被扔回无意义的存在中，没有沟通的希望，除了最后死于孤寂以外，没有可以指望的事了。

samuel beckett

warten

auf

godot

akademie theater

2006年

Warten auf Godot / Drama von Samuel Beckett (Irischer Dramatiker)

Darstellung schwer durchschaubarer und gänzlich unzulänglicher Bewusstseinshaltungen. Die Welt wird in ein absurdes Spiel aufgelöst, das weder Regeln noch Ziel kennt, und der Mensch als in äußersten Grad entfremdet und auf die Sinnlosigkeit einer Existenz zurückgeworfen, die ihm keine Hoffnung auf Kommunikation bietet und nichts verheißt als ein Verenden in Einsamkeit.

Waiting for Godot / play by Samuel Beckett (Irish dramatist)

Portrayal of states of consciousness that are enigmatic and totally inaccessible. The world is dissolved into an absurd play that knows neither rules or goals, and man is completely alienated and left to the meaninglessness of his existence that offers him no hope of communication and dooms him to perish alone.

跨越中西——靳埭强与格吕特纳的海报对话

悼念田中一光

nomage

to

ikko

tanaka

by

Kan

lai-keung

2001年

Homage an Ikko Tanaka

Ich verwendete den "Ming" Bildschrift von Tanaka und platzierte das Wort "一" umgekehrt, dann fügte ich Tusche und Tränen hinzu, um die Trauer zu zeigen.

Homage to Ikko Tanaka

Based on Tanaka's Ming-styled calligraphy, the Chinese character "一" (one) was inverted and matched with ink lines and tear drops, so as to pay homage to the great master.

2007年

梅迪亚／欧罗庇德斯（希腊戏剧家）

关于梅迪亚因被出卖与被羞辱，而造成灾难的希腊悲剧。

Medea / Euripides (Griechischer Dramatiker)

Eine griechische Tragödie. Verrat und Demütigung Medeas führen zur Katastrophe.

Medea / Euripides (Greek dramatist)

A Greek tragedy. Medea's betrayal and humiliation lead to disaster.

跨越中西——靳埭强与格吕特纳的海报对话

以『纸』为主题的邀请创作，我觉得纸本身就是实用又美观的设计，就直接把写过字的纸团作为海报的主体意象。

paper

is a

good

design

2000年

Papier ist ein gutes Design

Ein auf Einladung gefertiges Plakat mit dem Thema "Papier". Ich finde, Papier selbst ist vom Design her sowohl praktisch als auch schön. Ich habe einfach eine beschriebenes, zerknülltes Papier als Bild des Plakates verwendet.

Paper is a good design

A work by invitation on the theme of paper, a paper lump with writings on it was used as an imagery of the poster, as in my opinion, paper itself is already a good and practical design.

坚定不变 / 查奴西 / 波兰

讲述一家公司的生产机密被偷窃的侦探片。

Ein polnischer Gegenwartsfilm aus dem Jahre 1980
Buch und Regie: Krzysztof Zanussi
Es spielen: Tadeusz Bradecki, Zofia Mrozowska,
Małgorzata Zajaczkowska u.v.a.

DIE KON STAN TE

Ende der siebziger Jahre

Ein junger Pole am Beginn seiner Berufslaufbahn. Er muß Entscheidungen treffen, die seinen weiteren Lebensweg wesentlich bestimmen. Ist er bereit, die mehr oder weniger kleinen Betrügereien seiner Kollegen zu tolerieren, sich an die sogenannten Spielregeln zu halten, die sich eingebürgert haben und die nicht mit den moralischen Normen der Gesellschaft in Übereinstimmung stehen?

1980年

Die Konstante / Ein polnischer Film von Krysfof Zanussi

Ein Kriminalfilm. Produktionsgeheimnisse einer Firma werden gestohlen.

Constancy / A Polish film by Krzysztof Zanussi

A detective film. Production secrets of a company are stolen.

跨越中西——靳埭强与格吕特纳的海报对话

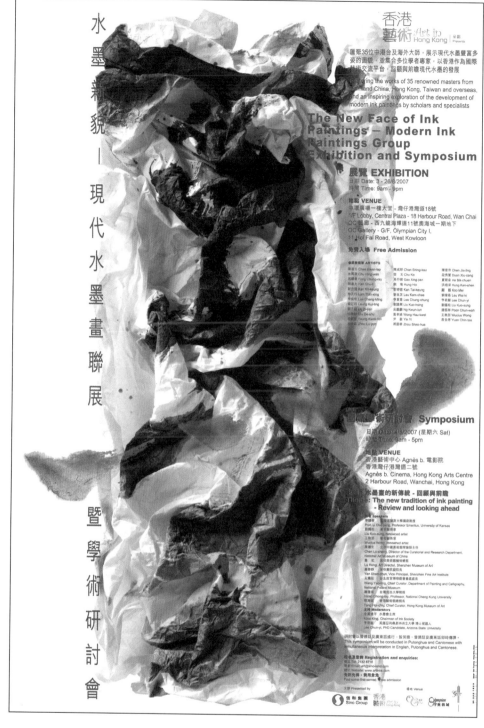

2006年

Hongkong Zeitgenössische Tuschmalerei-Ausstellung

Das Wort "墨" (Tusche) auf zerknittertem Papier erscheint in neuer Gestalt. Das stellt die Erneuerung der Tuschmalerei dar.

Contemporary Hong Kong Painting Exhibition

Creased paper gives a new form to the Chinese character"墨" (ink), hence a new form of water-ink painting.

Zwischen dem Chinesischen und dem Westlichen – Ein Plakatdialog zwischen Kan Tai-keung und Erhard Grüttner

29. September - 19. November 2000

Kulturplakate in der ehemaligen DDR

Deutsches Plakat Museum · Rathenaustrasse 2 45127 Essen täglich geöffnet ausser montags von 12 - 20 Uhr

Sanfte Musen im Kalten Krieg

2000年

Sanfte Musen im Kalten Krieg

Kulturplakate aus der ehemaligen DDR im Plakatmuseum Essen.

Soft Muses During the Cold War

Cultural posters from the former East Germany in the Poster Museum, Essen.

跨越中西 —— 靳埭强与格吕特纳的海报对话

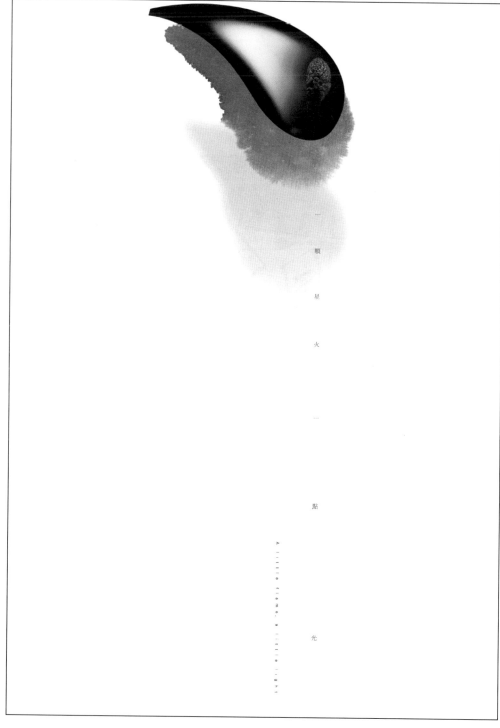

1998年

Ewigkeit 1, Eine Kleine Flamme, ein kleines Licht

Das Werk wurde für die in Korea stattgefundene Ausstellung "Wort-Kunst" kreiert. Ich verwende das Wort "永" (Ewigkeit) mit den sozialen Themen bei einem Abendfest mit Kerzenlicht. (Bemerkung der Übersetzerin: das Wort "永" verkörpert die 8 fundamentalen Striche in der chinesischen Kalligraphie.)

Eternity 1. A Little Flame, A Little Light.

A work for the International Characters Art Exhibition organized by Korea, the theme of Eternity is brought forth by the social issue of candle night gathering.

基欧德山 / 坎尔德（德国作家）

关于德意志民主共和国处理外汇和增加外汇的古怪打算的讽刺剧。

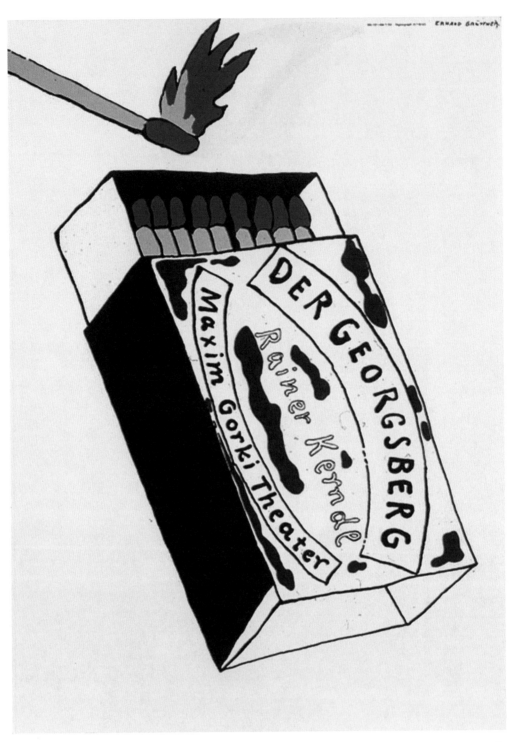

1983年

Der Georgsberg / Rainer Kerndl (Deutscher Schriftsteller)

Eine Satire über absonderliche Vorhaben mit Devisen in der DDR und deren Vermehrung.

The Georgsberg / Rainer Kerndl (German writer)

A satire about strange plans with foreign exchange in East Germany and how to increase it.

跨越中西——靳埭强与格吕特纳的海报对话

一 隅 小 角 落

在 環 宇 那 方

A little corner from the universe sight

1998年

Ewigkeit 2, Eine kleine Ecke aus Sicht des Universums

Eternity 2. A Little Corner from the Universe Sight

自由、平等、博爱

人权海报，巴黎，一九八九年法国文化部在法国大革命二百周年时召集六十六位国际美术设计家，针对这个主题描述本国的现状。（第二和第三张海报属于这组。）

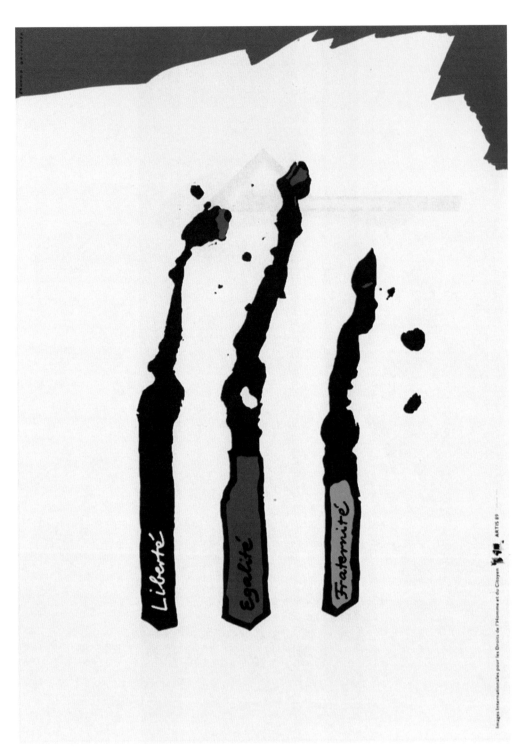

1989年

Liberté, Egalié, Fraternié (Freiheit, Gleichheit, Brüderlichkeit)

Plakate für Menschenrechte, Paris, 1989, 66 internationale Grafikdesigner waren zur 200-Jahrfeier der Französchen Revolution vom französischen Kulturminister aufgerufen, zu diesen Thema die jeweilige Ist-Sitvation in ihrem Land zu schildem. (Plakate 2. und 3. gehören dazu)

Freedom, Equality, Fraternity

Poster for human rights, Paris, 1989, To celebrate the 200th anniversary of the French Revolution, 66 international graphic designers were asked by the French Cultural Minister to portray the current situation in their own countries. (Posters 2 and 3 are also part of this group)

跨越中西——靳埭强与格吕特纳的海报对话

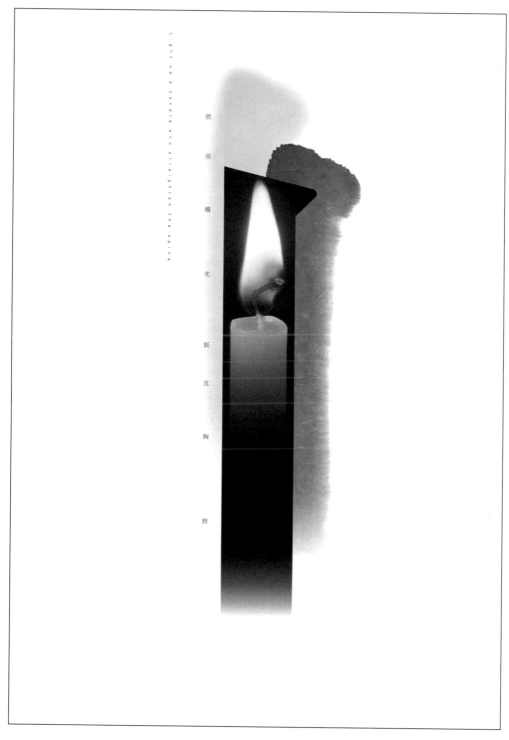

Light up a candle and straighten the spine

燃亮烛光挺直胸膛

1998年

Ewigkeit 3, Zünde eine Kerze an, Richte dich auf

Eternity 3. Light Up a Candle, Strighten the Spine

物理学家/迪伦马特（瑞士戏剧家）

一出关于核弹时代的怪诞戏剧，对科学家的责任很有创意地提出了问题。

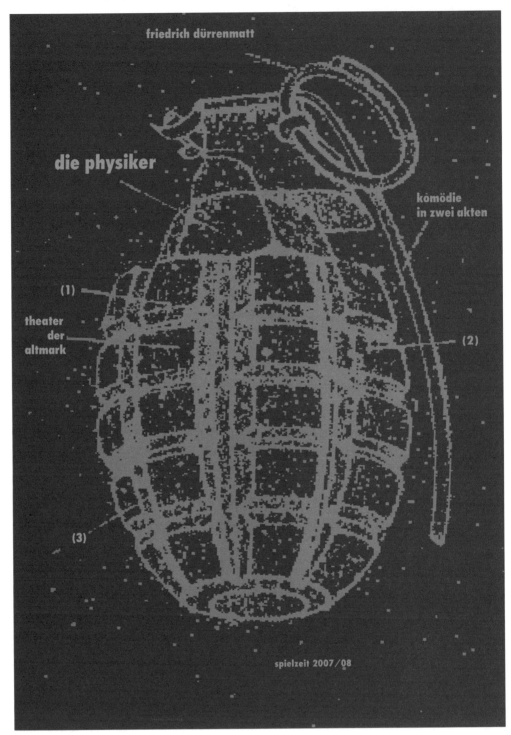

2007年

Die Physiker / Friedrich Dürrenmatt (Schweizer Dramatiker)

Eine skurrile Komödie über das Atomzeitalter. Die Frage zur Verantwortung des Wissenschaftlers wird auf sehr originelle Weise gestellt.

The Physicists / Friedrich Dürrenmatt (Swiss dramatist)

A droll comedy about the atomic age. The question concerning the scientist's responsibility is asked in a very original way.

跨越中西——靳埭强与格吕特纳的海报对话

心中激情，如情跃动的火焰

Passionate heart bouncing like the candle sparks

1998年

Ewigkeit 4, Leindenschaftlich Herz hüpft wie Kerzenfunken

Eternity 4. Passionate Heart Bouncing Like the Candle Sparks

死亡之舞 / 史汀伯格（瑞典剧作家）

描述两性间的战争，不幸婚姻中的恨与爱。

1992年

Totentanz / August Strindberg (Schwedischer Dramatiker)

Ein Geschlechterkampf. Haß und Liebe in einer unglücklichen Ehe.

The Dance of Death / August Strindberg (Swedish dramatist)

A battle of the sexes. Love and hate in an unhappy marriage.

跨越中西——靳埭强与格吕特纳的海报对话

数不尽的火

种烧去光阴万千寸

Endless sparks burning the endless time

1998年

Ewigkeit 5, Endlose Funken verbrennen die endlose Zeit

Eternity 5. Endless Sparks Burning the Endless Time

FREIHEIT · GLEICHHEIT · BRUDERLICHKEIT · ABHÖREN · VERWANZEN · DURCHSUCHEN

Ihr Toren, die ihr im Koffer sucht !
Hier werdet ihr nichts entdecken !
Die Konterbande, die mit mir reist,
Die hab ich im Kopfe stecken.

Heinrich Heine

Images hibstandnimdes post les traits de l'homme et du Grapin. F AERLAB

1989年

你们这些呆子，翻搜我的行囊……

这段文字摘自德国诗人海涅（一七九七—一八五六）的作品，他一生深受审查与迫害之苦。

Ihr Toren, die ihr im Koffer sucht, ...

Der Text ist ein Zitat des deutschen Dichters Heinrich Heine (1797- 1856), der unter Zensur und Verfolgung ein Leben lang gelitten hat.

You fools, who look into the trunk,…

The text is a quote from the German poet Heinrich Heine (1797-1856), who suffered from censorship and persecution all his life.

跨越中西——靳埭强与格吕特纳的海报对话

烈
風
吹
不
滅
往
日
的
悲
憤

Gusty wind can't blow away the Grievous Past

1998年

Ewigkeit 6, Windbö trägt die schwere Vergangenheit nicht weg

Eternity 6. Gusty Wind Can't Blow Away the Grievous Past

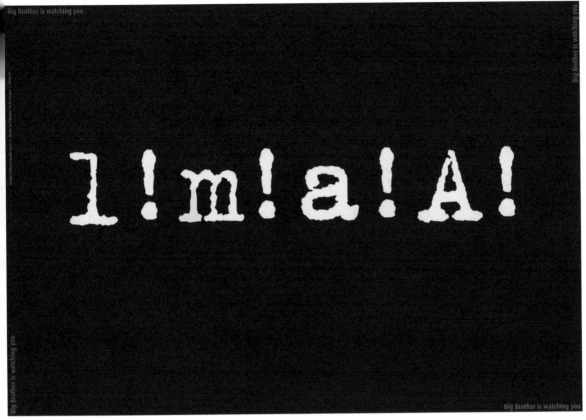

Big Brother is watching you

Big Brother is watching you

1989年

L! m! a! A!(舔！我！屁股！)

这个标题故意做得粗俗不堪，代表『别烦我』，是我当时对个人、电话与信件监控管制的反击。

L! m ! a! A ! (Leck! mich! am! Arsch!)

Der Titel ist bewußt als eine äußerst derbe deutsche Umgangssprache für "Lasst mich in Ruhe " gewählt worden. Meine damalige Reaktion auf Personen. Telefon- und Briefüberwachung.

L!m!a!A! (Lick!Me!On!The Ass!)

The title is deliberately chosen as an extremely crude German slang for "leave me alone". My reaction at the time to the surveillance on persons, telephone and letters.

跨越中西——靳埭强与格吕特纳的海报对话

1998年

Ewigkeit 7, Lügen, Legenden, Gerechtigkeit und Unrecht

Eternity 7. Lies, legends, rights and wrong

1999年

德国AGI『反对右派暴力海报』主题的参赛作品。

停！

Stop!

Wettbewerbsbeitrag zum Themo "Anschldge gegen rechte Gewalt" der AGI Germany.

Stop!

Competition entry on the theme of "Posters against violence of the right" of AGI Germany.

跨越中西——靳埭强与格吕特纳的海报对话

崇高的理念 不朽永存

Lofty thoughts that forever last

1998年

Ewigkeit 8, Kühne Gedanken vergehen nie

Eternity 8. Lofty Thoughts Forever Last

1985年

这里的黎明静悄悄 / 瓦希里耶夫（苏联剧作家）

讲述第二次世界大战时一个苏联女性游击战团的故事。

Im Morgengrauen ist es noch still / Boris Wassiljew (Russischer Dmmatiker)

Drama einer weiblichen russischen Partisaneneinheit im 2. Weltkrieg.

It is Still Quiet at Daybreak / Boris Wassiljew (Russian dramatist)

A play about a female Russian guerrilla unit during World War II.

跨越中西 —— 靳埭强与格吕特纳的海报对话

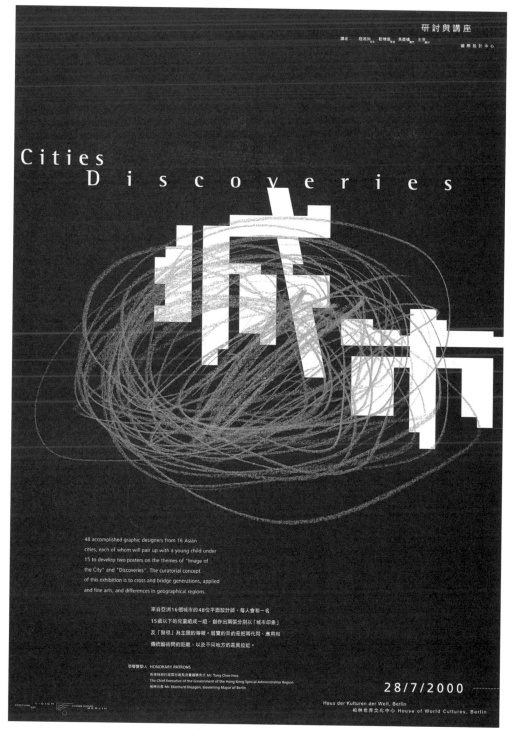

2000年

Städte Entdeckungen – Vortrag und Diskussion I

Ich habe in Berlin eine Plakatausstellung mit Projekten mit Interaktionen zwischen Kindern und Designern kuratiert. Diese beiden Plakate wollen für die Veranstaltung werben.. Die zwei Wörter "城市"（Stadt）mit kindlicher Linienführung drücken die Kreativität der Kinder direkt aus.

Cities Discoveries - Talk and Discussion

I organized a poster designs exhibition in Berlin for interaction between children and designers. Here are two of the promotional posters. The Chinese characters "城市" (city) combining with children's line drawing is a direct expression of children's creativity.

1987年

夏日的客人 / 高尔基（苏联剧作家）

俄封建资产社会如果再不和改革的风云接上，只会剩下悲观的没落气氛。

Die Sommergäste / Maxim Gorki (Russischer Dramatiker)

Schauspiel über die feudalbourgeoise Gesellschaft Rußlands, denen nur Pessimismus und Untergangsstimmung bleiben, wenn sie sich nicht der progressiven Bewegung anschließen.

The Summer Guests / Maxim Gorky (Russian dramatist)

A play about the feudal and bourgeois Russian society, to which nothing but pessimism and a feeling of doom is left, if it fails to join the progressive movement.

跨越中西——靳埭强与格吕特纳的海报对话

4/8/2000

TALK & DISCUSSION   SPEAKERS: Daphne Cherng   Kan Tai-Keung   Ung Vai Meng   Wang Xu
IDZ - International Design Center

E n t d e c k u n g e n
der Staedte

主辦機構 ORGANIZERS
Hong Kong Institute of Contemporary Culture
Haus der Kulturen der Welt, Berlin

文化節藝術總監 ARTISTIC DIRECTORS FOR THE FESTIVAL
榮念曾先生
香港當代文化中心藝術總監
Mr Danny Yung
Artistic Director, Hong Kong Institute of
Contemporary Culture
Dr Hans-Georg Knopp
柏林世界文化中心總監
Director, Haus der Kulturen der Welt

協辦機構 CO-ORGANIZERS

策劃人 CURATORS
靳埭強
Kan Tai-Keung (Kan & Lau Design Consultants)
Sabine Vogel (Haus der Kulturen der Welt)

贊助機構 SPONSORS

10/9/2000

John-Foster-Dulles-Allee 10,10557 Berlin, Germany
http://festivalofvision.tom.com

POSTER DESIGN KAN TAI-KEUNG 海報設計 靳埭強

2000年

Städte Entdeckungen – Vortrag und Diskussion II

Die zwei Wörter "發現"(Entdeckung) mit handgemalten Tuschlinien drücken das Nachdenken eines Designers aus.

Cities Discoveries - Talk and Discussion

The Chinese characters "發現" (discovery) were combined with lines of ink drawing to signify the thinking of designers.

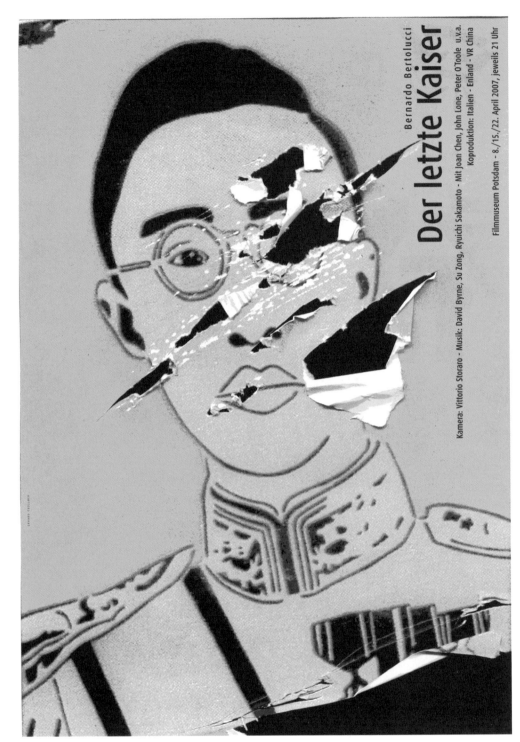

2007年

Der Letzte Kaiser

Veranstaltungsplakat für eine Bernardo Bertolucci Retrospektive im Deutschen Filmmuseum.

The Last Emperor

Event poster for a Bernardo Bertolucci retrospective in Deutsches Filmmuseum

跨越中西——靳埭强与格吕特纳的海报对话

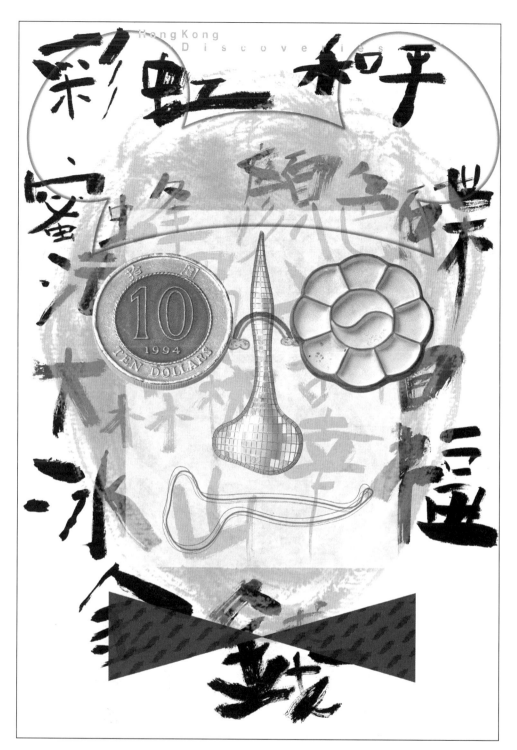

2006年

Entdeckungen Hongkong

Auf der Basis der Kalligraphie für Kinder fertigte ich einige Bilder und Tuschspuren an, um die Gesichter der Bewohner Hongkongs zu gestalten.

Discoveries Hong Kong

On the basis of children calligraphy, I used some pictures and ink spots to portrayed Hong Kong people.

弄臣／威尔第（意大利作曲家）

在享乐的意大利侯爵府宫中，其宫廷小丑里戈雷托的女儿因为一场阴谋而牺牲。

2007年

Rigoletto / Oper von Giuseppe Verdi (Italienischer Komponist)

Ein italienischer Fürstenhof amüsiert sich. Die Tochter des Hofnarren Rigoletto wird Opfer einer infamen Intrige.

Rigoletto / opera by Giuseppe Verdi (Italian composer)

An Italian ducal court amuses itself. The daughter of the court's jester Rigoletto falls victim to an infamous intrigue.

跨越中西——靳埭强与格吕特纳的海报对话

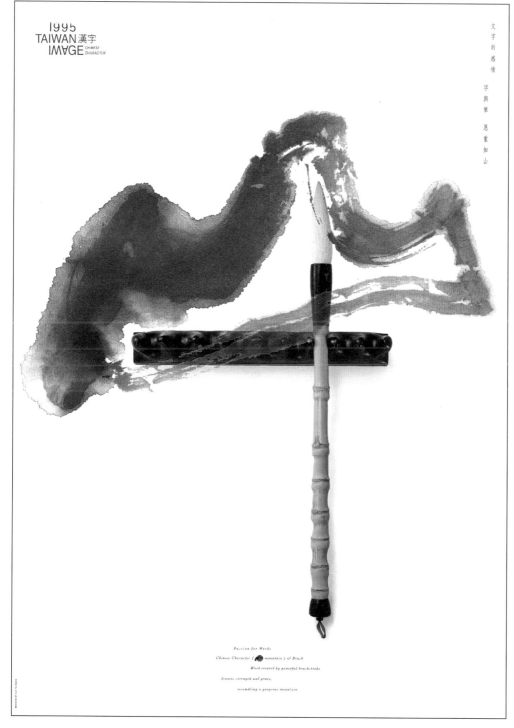

文字的感情

字與筆 愿重如山

1995
TAIWAN 漢字
IMAGE CHINESE CHARACTER

Passion for Words
Chinese Character (　mountain) & Brush
Word created by powerful brushstroke
denotes strength and grace,
resembling a gorgeous mountain.

1995年

Chinesisches Schriftzeichen – Berg

Die Empfindung zu Wörtern ist das verschmolzene Gefühl von Generationen kultivierter Menschen. Der Pinsel und der Pinselständer sind die Schätze der Kunstliebhaber.

Chinese Character—Mountain

Affection for words has all along been commonly shared by generations of cultural workers. Brushes and brush stands of the mountain shape are the favourites of art lovers.

最后几天（普希金）／布尔加科夫（苏联戏剧家）

关于诗人普希金挑衅决斗的戏剧。

1984年

Die letzten Tage (Puschkin) / Michael Bulgakow (Russischer Dramatiker)

Das Drama behandelt das provozierte Duell gegen den Dichter Alexander Puschkin.

The Last Days (Pushkin) / Michael Bulgakow (Russian dramatist)

The play deals with the provoked duel against the poet Alexander Pushkin.

跨越中西——靳埭强与格吕特纳的海报对话

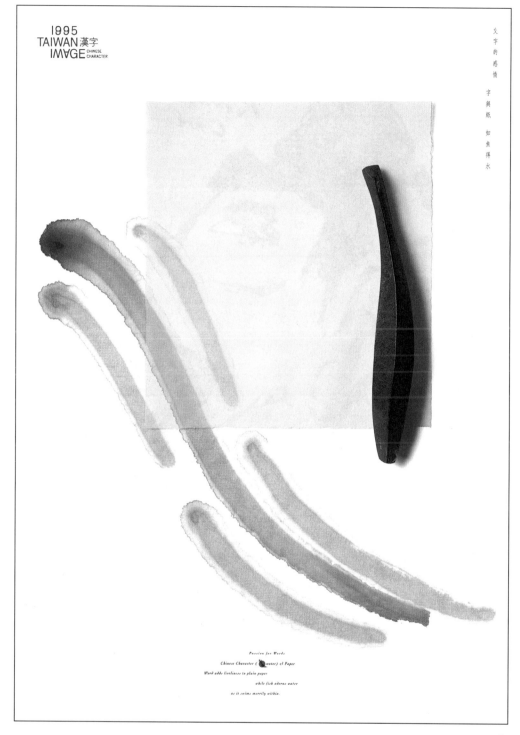

字的感情

字与纸　如鱼得水

1995
TAIWAN 漢字
IMAGE CHINESE CHARACTER

Passion for Words
Chinese Character (water) & Paper
Word adds liveliness to plain paper
while fish adorns water
as it swims merrily within.

1995年

Chinesisches Schriftzeichen – Wasser

Das Papier und der Briefbeschwerer sind wunderschön wie Fische im Wasser.

Chinese Character—Water

Paper and paper weight, Splendid as fish in water.

坎皮艾罗广场／戈尔多尼（意大利喜剧作家）

以有趣好笑的眼光观看威尼斯穷人的日常生活，邻里间的流言被大嗓门传开。

1986年

Der Campiello / Carlo Goldoni (Italienischer Komödienschreiber)

Eine ironisch-heitere Sicht auf den Alltag armer Leute in Venedig. Der tägliche Klatsch wird lauthals verbreitet I~

Il Campiello / Carlo Goldoni (Italian writer of comedies)

An ironic and amusing look into the daily lives of poor people in Venice. The everyday gossip is spread loudly.

跨越中西——靳埭强与格吕特纳的海报对话

文字的热情

字與硯 如沐清風

Passion for Words,
Chinese Character (wind) of Inkstone
The twirling movement of ink on inkstone
creates a feel of
brisk, delightful wind.

1995年

Chinesisches Schriftzeichen – Wind

Der Reibstein und der Wassergiesser sind zufrieden wie eine Kiefer im Wind.

Chinese Character—Wind

Inkslab and water dropper, Pleasing as wind from the pine wood.

va / cat（「缺少」、「不存在」、「空的」）
对这个团体的思想状态描写。

•va|cat ['va...] ⟨lat., „es fehlt"⟩ (nicht vorhanden, leer)

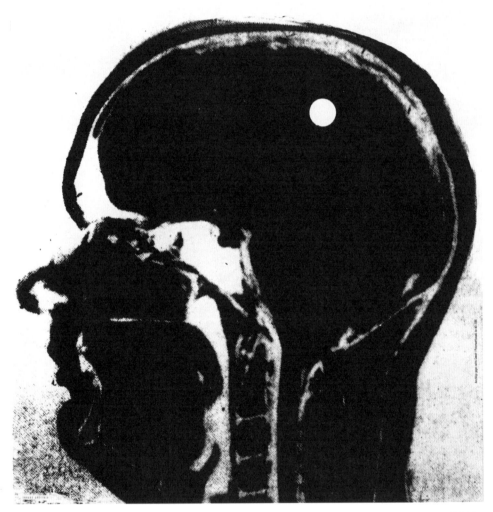

1999年

a l cat ("es fehlt', 'nicht vorhanden" 'leer')

Gedankliche Zustandsbeschreibung dieser Personengruppe.

va / cat("lacking in", "does not exist", "empty")

Describing the state of this group.

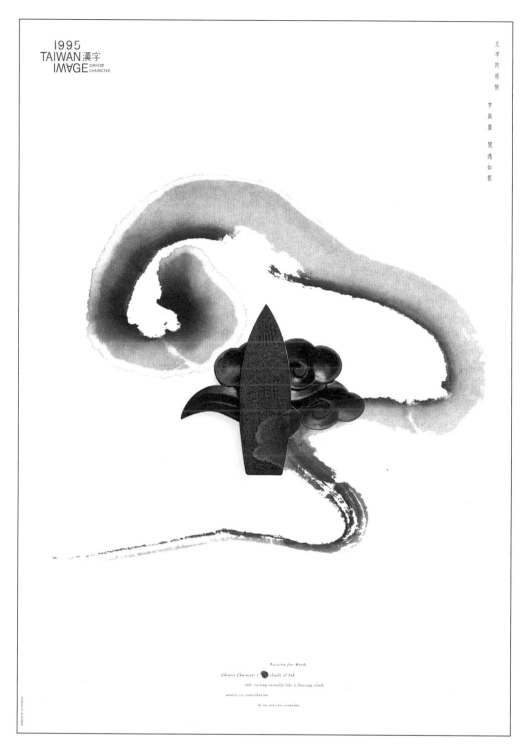

跨越中西——靳埭强与格吕特纳的海报对话

文字的感情

字與墨 閒逸如雲

1995年

Chinesisches Schriftzeichen – Wolke

Ein alter Tuschstab und ein Tuschstabbett sind beschaulich wie Wolken und Nebel.

Chinese Character—Cloud

Old ink stick and ink rest,Cloud and mist gives a leisurely feeling.

西欧伯的反抗 / 基翁吉欧喜（匈牙利）

一部关于匈牙利迫害犹太人的剧集。

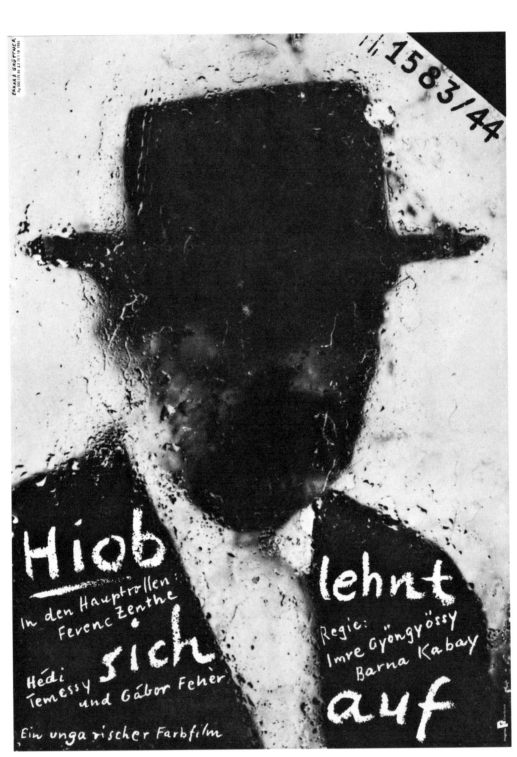

1984年

Hiob lehnt sich auf / Ein ungarischer Film von Imre Gyöngyössy

Ein Film über die Judenverfolgung in Ungarn.

Hiob's Revolt / A Hungarian film by Imre Gyöngyössy

A film about the persecution of Jews in Hungary.

跨越中西——靳埭强与格吕特纳的海报对话

岁寒三友

中国传统图形与现代视觉设计

承传创新 代代长青

HERITAGE · EVERGREEN

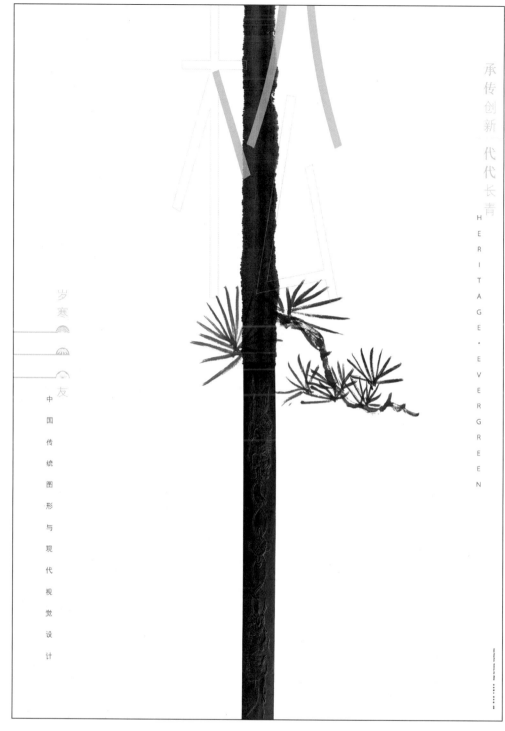

2005年

Die Drei Freunde des Winters: Kiefer –Erbe – Immergrün

Die Tradition fortsetzen und das Neue schaffen - Generation nach Generation immergrün. Ich kombinierte Kiefernruß-Tusche, Tuschlinien und Schriften, um das Thema "Erbe und Wachstum" darzustellen.

The Three Friends of Winter: Pine

Heritage Evergreen A combination of ink of smoke pine, ink lines and Chinese characters to show the theme of heritage and innovation.

卡夫卡（我大脑里的恐怖世界）／文学研讨会

卡夫卡的超现实文本舞台剧的纵览。

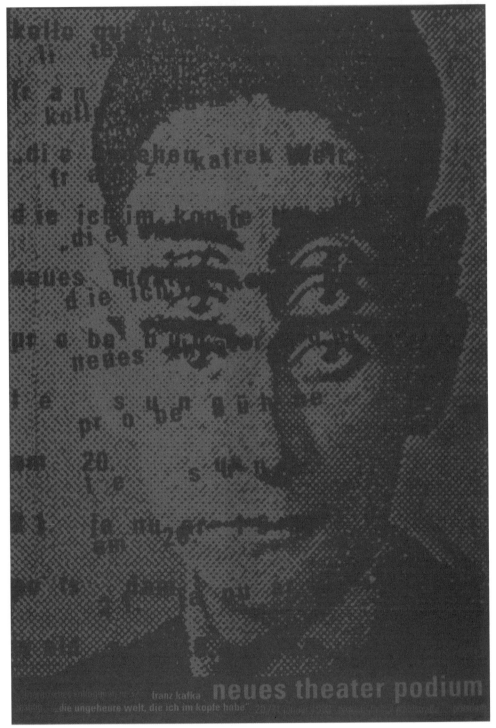

1999年

Franz Kafka (Die ungeheure Welt, die ich im Kopfe habe) / Ein literarisches Kallaquium

Ein theatralischer Querschnitt mit surrealistischen Texten van Franz Kafka (Tschechischer Dichter).

Franz Kafka (The monstrous world that is in my head) / A literary colloquium

A theatrical cross-section with surrealist texts by Franz Kafka (Czech poet).

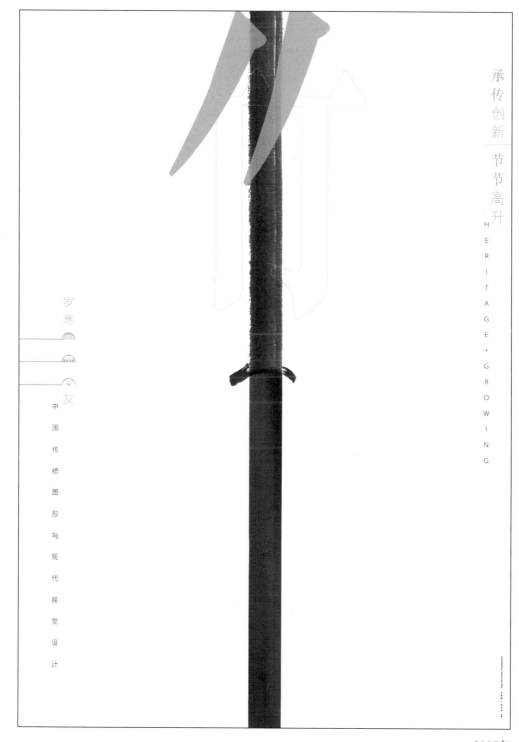

跨越中西——靳埭强与格吕特纳的海报对话

岁寒 友

中国传统图形与现代视觉设计

承传创新 | 节节高升

HERITAGE · GROWING

2005年

Die Drei Freunde des Winters: Bambus –Erbe – Wachstum

Die Tradition fortsetzen und das Neue schaffen - aufsteigen von einem Bambusknoten zu einem anderen Bambusknoten . Ich kombinierte ein Bambuslineal, Tusche und Schriften, um das Thema "Erbe und Wachstum" darzustellen.

The Three Friends of Winter: Bamboo

Heritage growing a combination of bamboo rulers, ink lines and Chinese characters to show the theme of heritage and innovation.

神话与真实

柏林电影档案馆有历史意义的演员肖像展预告海报。

2006年

Mythos und Wirklichkeit

Ankündigungsplakat zu historischen Schauspielerporträts aus dem Filmarchiv Berlin.

Myth and Reality

Poster announcing the exhibition of historical actors' portraits from the Filmarchiv Berlin.

跨越中西——靳埭强与格吕特纳的海报对话

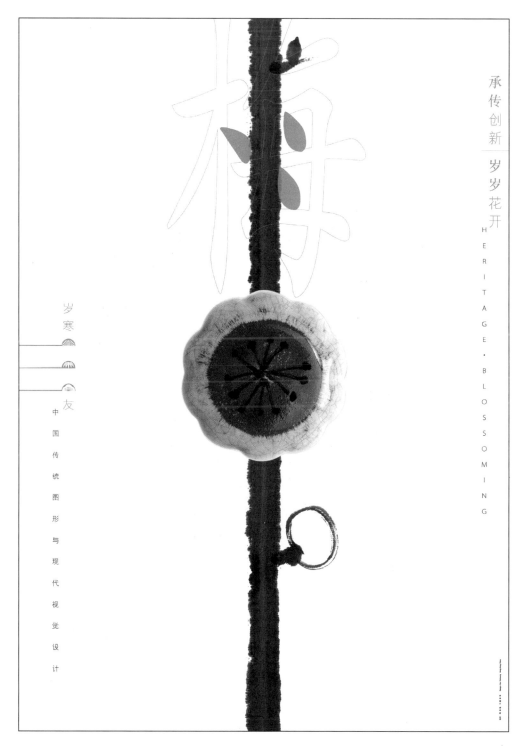

承传创新 ｜ 岁岁花开

H
E
R
I
T
A
G
E
·
B
L
O
S
S
O
M
I
N
G

岁寒

友

中国传统图形与现代视觉设计

2005年

Die Drei Freunde des Winters: Pflaume – Erbe – Blüte

Die Tradition fortsetzen und das Neue schaffen – Jahr für Jahr blühen. Ich kombiniere einen Farbenmischteller, Tusche und Schriften, um das Thema "Erbe und Wachstum" darzustellen.

The Three Friends of Winter: Plum

Heritage blossoming a combination of color plates, ink lines and Chinese characters to show the theme of heritage and innovation.

普鲁士人来了 / 哈门尔（德国戏剧家）

这出戏指的不是普鲁士人，而是我们德国人，他们的后代，我们已不是普鲁士人。关于德意志民主共和国刻意忘记德国历史的政治戏剧。

1982年

Die Preußen kommen / Komödie von Claus Hammel (Deutscher Dramatiker)

Das Stück handelt nicht von Preußen, sondern von uns Deutschen, ihren Nachfahren, die wir keine Preußen mehr sind. Ein politisch-komödiantisches Spiel mit der verdrängten deutschen Geschichte in der DDR.

The Prussians Are Coming / Comedy by Claus Hammel (German dramatist)

This work is not about Prussians, but about us Germans, their descendants, who are no longer Prussians. A political comedy about the repressed history of East Germany.

跨越中西——靳埭强与格吕特纳的海报对话

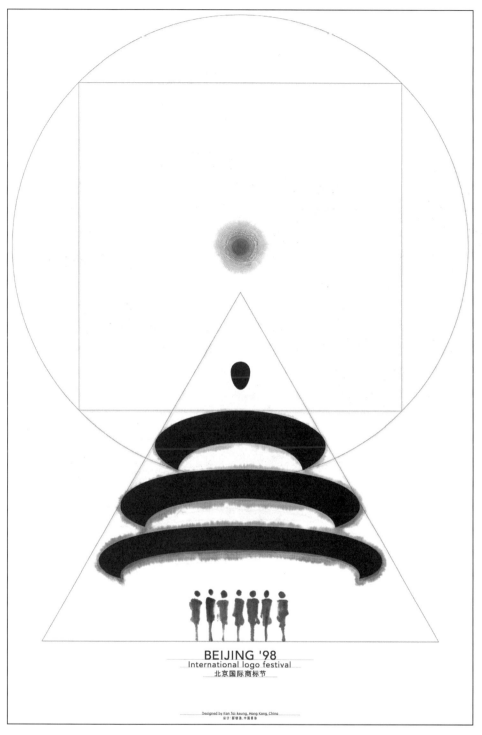

BEIJING '98
International logo festival
北京国际商标节

Designed by Kan Tai-keung, Hong Kong, China
设计：靳埭强，中国香港

1998年

Internationales Logo – Festival in Beijing 1998

Ein minimalistisches Design des Himmelstempels verkörpert den modernen Stil des Logo-Designs.

Beijing International Logo Festival 98

The Temple of Heaven was portrayed by taking a simplicity approach, so as to feature modern logo design.

广岛之恋 / 雷奈 / 法国、日本电影

向悲剧的爱情故事致敬。

1967年

Hiroshima man amour / Eine französisch- japanisch Koproduktion von Alain Resnais

Eine tragische Liebesgeschichte. Eine "Hommage".

Hiroshima mon amour / A Franco-Japanese co-production by Alain Resnais

A tragic love story. A homage.

樂山

我将快乐的主题转移成文化的主题，以众多笔山陈设成重山万里的气象。

跨越中西——靳埭强与格吕特纳的海报对话

The sensible....

Happy with the sturdiness and
longevity of mountain

Chinese Poster Design Association

DESIGNED BY KEN TYN-KEUNG

2000年

Der Vernünftig

Ich verwandelte das Thema Freude in ein kulturelles Thema. Zahlreiche zusammengestellte Pinselständer erzeugen das Phänomene des vielschichtigen.Gebirges von zehntausend Kilometer. Dies bringt die Freude am Berg zum Ausdruck.

The Sensible

Shifting the theme of happiness into culture, I used many brush stands to create a scene of mountains.

洛可与他的兄弟／威斯康提

一部意大利家庭剧。

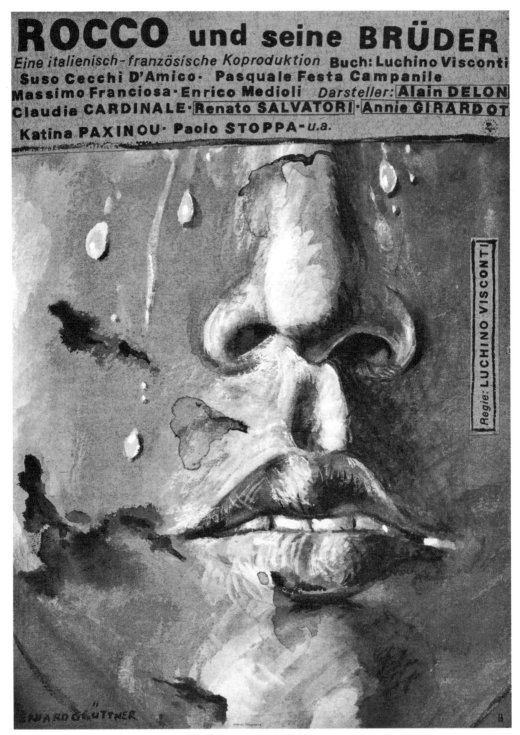

1976年

Rocco und seine Brüder / Ein italienischer Film von Luchina Visconti

Ein italienisches Familiendrama.

Rocco and His Brothers / An Italian film by Luchino Visconti

An Italian family drama.

樂水

跨越中西——靳埭强与格吕特纳的海报对话

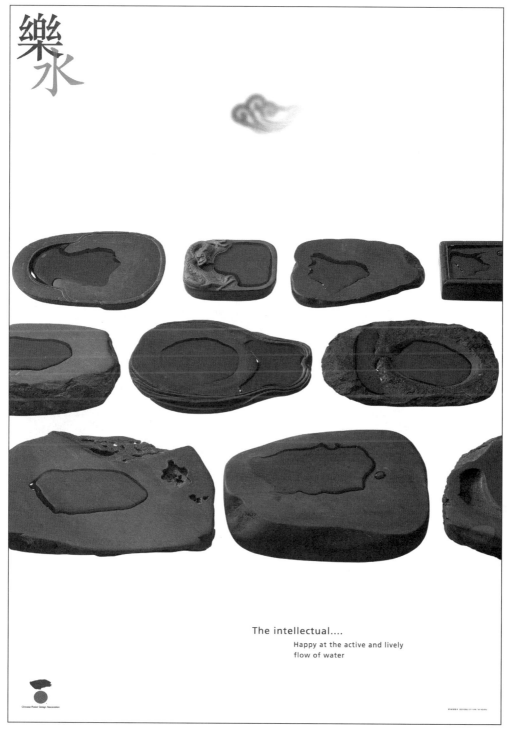

The intellectual....

Happy at the active and lively
flow of water

Chinese Poster Design Association

2000年

Der Intellektuelle

Mehrere Reibsteine werden mit klarem Wasser gefüllt. Sie sehen wie zahlreiche Seen aus. Dies bringt die Freude am Wasser zum Ausdruck.

The Intellectua

Clear water was added to inkslabs to symbolize pools and the theme of the Intellectual.

麦克白 / 莎士比亚（英国戏剧家）

世界大乱，麦克白统帅的成与败。

1992年

Macbeth / William Shakespeare (Englischer Dramatiker)

Die Welt ist aus den Fugen. Aufstieg und Fall des Feldherren Macbeth.

Macbeth / William Shakespeare (English dramatist)

The world has gone awry. Rise and fall of the commander Macbeth.

『墨与椅』—— 靳与刘艺术设计展在大阪 DDD 艺廊

刘小康是比我年轻的合伙人，他喜用椅的题材创作，我以宣纸、水墨做一椅套，与之对话。

2003 年

"Von Tusche und Stühlen", Kan Tai-keung + Freeman Lau Kunst und Design bei der Galerie DDD in Osaka

Freeman Lau ist ein Arbeitskollege von mir, der jünger ist als ich und gerne mit dem Motiv "Stuhl" arbeitet. Ich fertige daher eine Stuhlhülle aus Papier und Tusche an, um mit ihnen zu kommunizieren.

"Of Ink and Chairs" Kan Tai-keung + Freeman Lau Art and Design Exhibition

Freeman Lau is a younger partner of mine. As "chair" is one of his favourite themes, I made a chair cover with water-ink and Xuan paper for a dialog.

臣仆 / 史陶特

讽刺德意志帝国时代对大人物上瘾的市民文化（德国国旗令人盲目）。

1966年

Der Untertan / Ein deutscher Film von Wolfgang Staodte

Eine politische Satire auf die großmannssüchtige Bourgeoisie im deutschen Kaiserreich.
(Die deutsche Fahne macht blind.)

The Subject / A German film by Wolfgang Staudte

A political satire of the bourgeoisie's craving for status in the German empire.
(The German flag makes one blind.)

大明堂家具城系列·息

以纸、石、水墨构成枕头图像，表现具有文化韵味的生活风格。

跨越中西——靳埭强与格吕特纳的海报对话

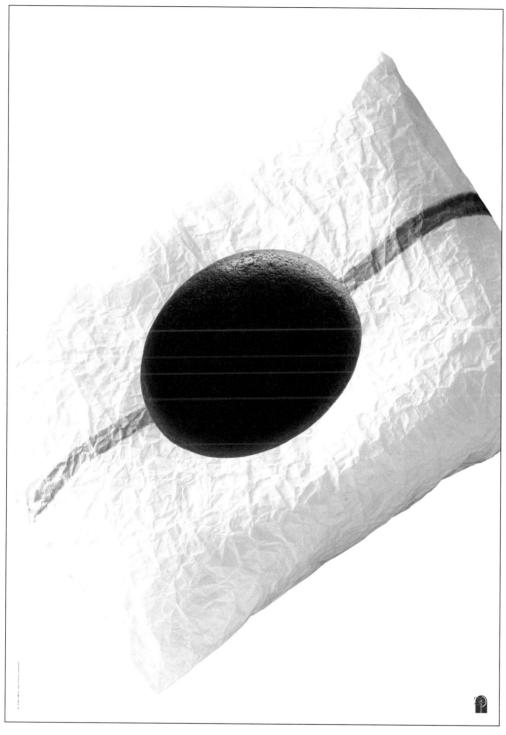

2003年

Panta Rei Möbelhaus Serie: Ruhen
Panta Rei Limitierte Posterserie IV

Ein Kissenbild ist aus Papier, Steinen und Tusche konstruiert. Es stellt einen kultivierten Touch des Lifestyles dar.

Panta Rei Limited Poster Series IV

A pillow is portrayed by paper, stone and water-ink . A life style with a cultural touch.

莫斯科，我的爱／米塔、吉田健司／苏联、日本

句莫斯科大都会致敬。

1975年

Moskau, meine Liebe / Ein russisch-japanischer Film von Alexander Mitta / Kenji Yoshida

Eine Hommage an die Metropole Moskau.

Moscow My Love / A Russian-Japanese film by Alexander Mitta / Kenji Yoshida

A homage to the metropolis of Moscow.

大昨堂家具城系列·静

以纸·石、水墨构成环境空间图像，表现具有文化韵味的生活风格。

跨越中西——靳埭强与格吕特纳的海报对话

2003年

Panta Rei Möbelhaus Serie: Still
Panta Rei Limitierte Posterserie III

Ein Ambientebild ist aus Papier, Steinen und Tusche konstruiert. Es stellt einen kultivierten Touch des Lifestyles dar.

Panta Rei Limited Poster Series III

Space environment is portrayed by paper, stone and water-ink . A life style with a cultural touch.

第十二夜／莎士比亚（英国戏剧家）

发生在同义字国家「依里林」的误会，混淆的爱情戏剧。

1990年

Was ihr wollt / William Shakespeare (Englischer Dramaliker)

Eine Komödie über die Irrungen und Wirrungen der Liebe im Synonymland "Illyrien".

Twelfth Night / William Shakespeare (English dramatist)

A comedy about the aberrations of love in Illyria, the land of synonyms.

大明堂家具城系列・闲

以纸、水墨构成椅子图像，表现具有文化韵味的生活风格。

跨越中西——靳埭强与格吕特纳的海报对话

2003年

Panta Rei Möbelhaus Serie: Beschaulichkeit
Panta Rei Limitierte Posterserie II

Ein Stuhlbild ist aus Papier und Tusche konstruiert. Es stellt einen kultivierten Touch des Lifestyles dar.

Panta Rei Limited Poster Series II

A chair is portrayed by paper and water-ink . A life style with a cultural touch.

巴比／史达尔与哈克斯（德国戏剧家）
关于马克思主义式微的喜剧。

1989年

Barby / Rudi Strahl und Peter Hacks (Deutscher Dramatiker)

Ein Lustspiel über den Verlust der marxistischen Lehre.

Barby / Rudi Strahl and Peter Hacks (German dramatists)

A comedy about the decline of Marxist teaching.

跨越中西——靳埭强与格吕特纳的海报对话

2003年

Panta Rei Möbelhaus Serie: Tun
Panta Rei Limitierte Posterserie I

Ein Tischbild ist aus Papier, Steinen und Tusche konstruiert. Es stellt einen kultivierten Touch des Lifestyles dar.

Panta Rei Limited Poster Series I

A deck is portrayed by paper, stone and water-ink . A life style with a cultural touch.

小喇叭罗曼司／瓦夫拉／捷克电影

捷克的爱情悲剧（干枯的花冠在宗教中用来比喻年轻未出嫁的亡者）。

1966年

Romanze für Flügelhorn / Ein tschechoslowakischer Film von Otokar Vavra

Eine tragische Liebesgeschichte aus Tschechien. (Der vertrocknete Blumenkranz ist eine kirchliche Metapher für den Tod einer jungen unverheirateten Frau.)

Romance for Bugle / A Czechoslovakian film by Otokar Vavra

A tragic love story from Czechoslovakia.(The dried-up flower wreath is a religious metaphor for the death of a young and unmarried woman)

跨越中西——靳埭强与格吕特纳的海报对话

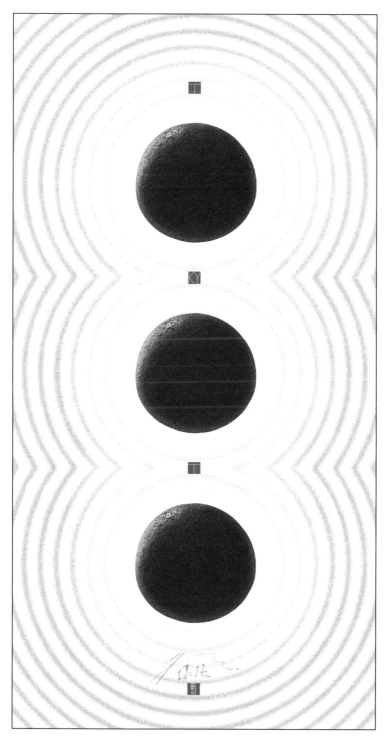

2006年

AGI Tokyo-Kyoto(TOKYOTO)

Weil es drei O in dem Wort TOKYOTO gibt, nahm ich deswegen drei runde Steine als Motiv, und fügte schwarze Tuschlinien hinzu. Ein Bild von der Sand-Rechen- Gartenkunst der japanischen Gartenlandschaft ist entstanden.

AGI Tokyo - Kyoto (TOKYOTO)

Three rounded stones were used to match wtih the three letter O's of "TOKYOTO". In addition, lines of water-ink could help bring forth the concept of Japanese gardening art.

鲍里斯·戈东诺夫／穆索尔斯基（俄国作曲家）

从戏剧性的角度，讨论一六〇〇年左右的沙皇的统治。

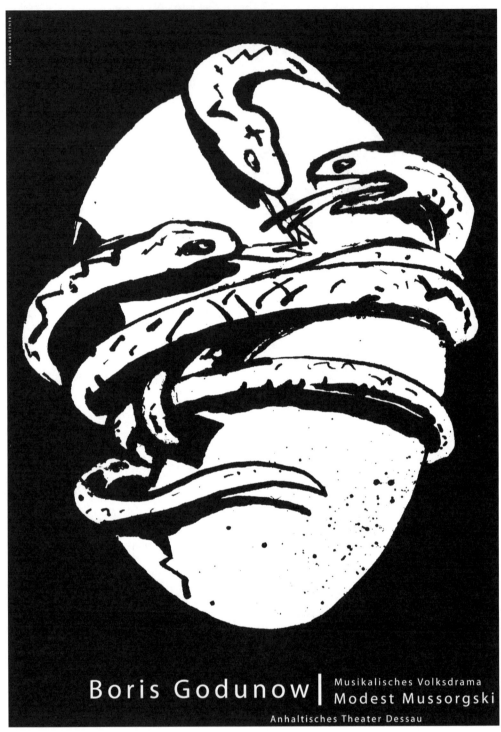

Boris Godunow | Musikalisches Volksdrama
Modest Mussorgski
Anhaltisches Theater Dessau

2006年

Boris Godunow / Oper von Modest Mussorgski (Russischer Komponist)

Ein dramatischer Einblick in die Auseinandersetzung um die Zarenherrschaft in Rußland um 1600.

Boris Godunov / Opera by Modest Mussorgsky (Russian composer)

A dramatic look into the scramble for the czar's power around 1600.

跨越中西——靳埭强与格吕特纳的海报对话

Celebrating the **NEW BORN**
of the Museum of Design 祝賀設計博物館

誕生

Designed by Kan Tai-keung 靳埭強設計

诞生

祝贺北京一所民办设计艺术馆开幕，我在豆形石头上描出叶芽，以表惊喜之情。

1999年

Neu Geboren

Ich beglückwünschte die Eröffnung eines privaten Institutes für Design-Kunst in Beijing. Ein wie eine Bohne aussehender Stein spriesst. Dies ist eine Überraschung.

New Born

Upon the opening of a private design arts hall in Beijing, I drew a leaf bud on a bean-shaped stone to express gladness.

结婚／梅尔尼可夫／苏联

很居於蒙尔尼哥小兑，描术挑选另一半的困难。

1979年

Die Heirat / Ein russischer Film von Witali Melnikow

Nach einer Erzählung von Nikolai Gogol. Die Schwierigkeit der Partnerwahl.

The Marriage / A Russian film by Witali Melnikow

Based on a story by Nikolai Gogol. The difficulty of choosing a partner.

我将纸地球仪折叠成风帆，加上水墨成冲浪乘风之象，表达申办亚运的决心。

跨越中西——靳埭强与格吕特纳的海报对话

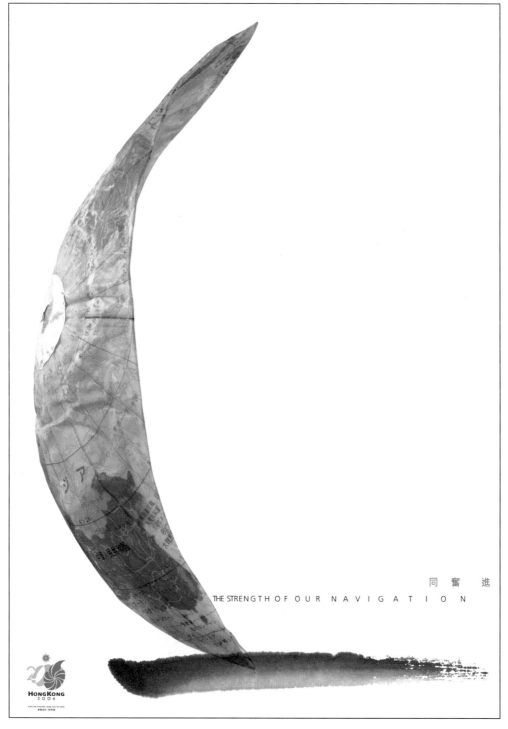

同奮進
THE STRENGTH OF OUR NAVIGATION

1999年

Die Stärke unserer Navigation

Ein Globus wird zu einem Segel gefaltet. Das Segel mit der beigefügten Tusche bildet ein Wind und Wellen trotzendes Bild. Dies verkörpert die Entschlossenheit zur Veranstaltung von Asienspielen.

The Strength of Our Navigation

A paper globe model was folded into a sailboard. Strokes of water-ink signifyiing wave-breaking shows the determination to organize the Asian Games.

三姐妹／契诃夫（俄国剧作家）

揭示被动人性的社会剧。她们忍受着折磨，空洞无意义地存在，但同时又不理解，是什么让她们的存在这么有压力。她们渴望一个快乐的世界，而自己又做不出任何贡献。

1978年

Drei Schwestern / Drama von Anton Tschechow (Russischer Dramatiker)

Ein Gesellschaftsdrama. Hier werden passive Menschen gezeigt. Sie ertragen eine leere, sinnlose, zermürbende Existenz und sie begreifen kaum, was ihr Dasein so bedrückend macht. Aber sie haben Sehnsucht nach einer glücklicheren Welt, ohne selbst zu ihrem Werden wesentliches beitragen zu können.

Three Sisters / Play by Anton Chekhov (Russian dramatist)

A society play showing passive people. They put up with an empty, meaningless and trying existence and hardly understand what makes their being so depressing. But they yearn for a happy world, without being able to do much to bring about its creation.

服饰与文化

我喜欢收藏尺子。简单的设计，不同的物料，变化无穷，内含文化与生活印记，加上水墨笔画，构成衣架，正好表现出文化与服饰的密切关系。

跨越中西——靳埭强与格吕特纳的海报对话

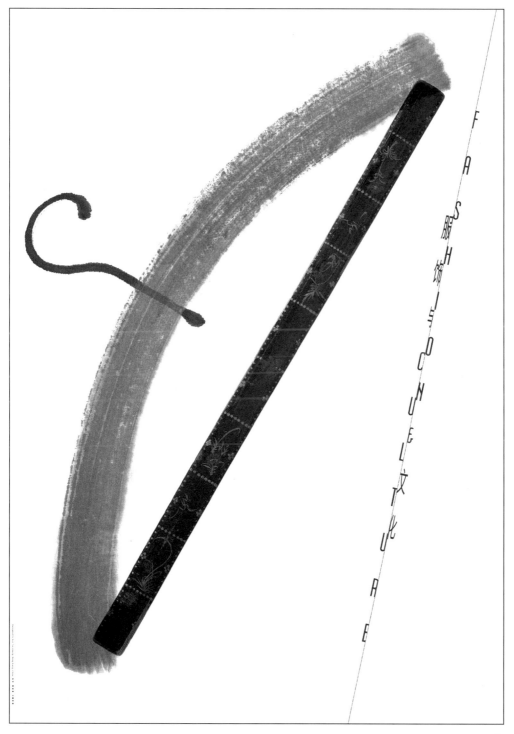

1999年

Mode und Kultur

Ich bin ein Linealsammler. Die Lineale sind von einfachem Design und aus unterschiedlichen Materialien. Sie sind unerschöpflich variabel und tragen kulturelle und alltägliche Zeichen in sich. Die hinzugemalten Tuschlinien lassen das Lineal wie einen Kleiderbügel aussehen. Dies trifft genau die enge Beziehung zwischen Kultur und Kleider.

Fashion & Culture

I like to collect rulers, for their simple designs and materials allow much room for change. It marks a life style in association with culture. I made a dress hanger with a ruler and simple ink lines, so as to symbolize the close relationship between "Fashion and Culture".

Kulturhaus Hans Marchwitza
29.4. - 10.6.1984

Plakate

Ausstellung der Sektion Gebrauchsgrafik
des VBK - DDR Bezirk Potsdam

Veranstalter:
Rat des Bezirkes Potsdam · Abteilung Kultur
VBK-DDR Bezirk Potsdam

1984年

Plakate

Ausstellungsplakat zu Plakaten aus der Sektion Gebrauchsgrafik des Landes Brandenburg.

Posters

Exhibition poster for the exhibition of posters from the Applied Graphics Department of the state of Brandenburg.

互动

这海报主题表现创作运用两个倒对扣叠的头像，加上墨线构成的『互』字图形，中间加入圆石成为眼睛，表现人与人互动的主题。

1998年

Interaktion

Auf diesem auf Einladung gefertigten Plakat überlappen sich zwei seitenverkehrte Bilder eines Kopfes. Das in Tusche gemalte Wort "gegenseitig"(互) und zwei Steine als Augen in der Mitte werden hizugefügt. Das Ganze konkretisiert die Interaktion zwischen den Menschen.

Interaction

With rounded stones at the middle as the eyes, two head portrays are in tete-beche positions to form the Chinese character "互"(mutuality). This work tells about the theme of "Interaction".

卡萨诺瓦在温泉镇／徐尼茨勒（奥地利戏剧家）

并未卡萨若瓦的爱情与生平故事。

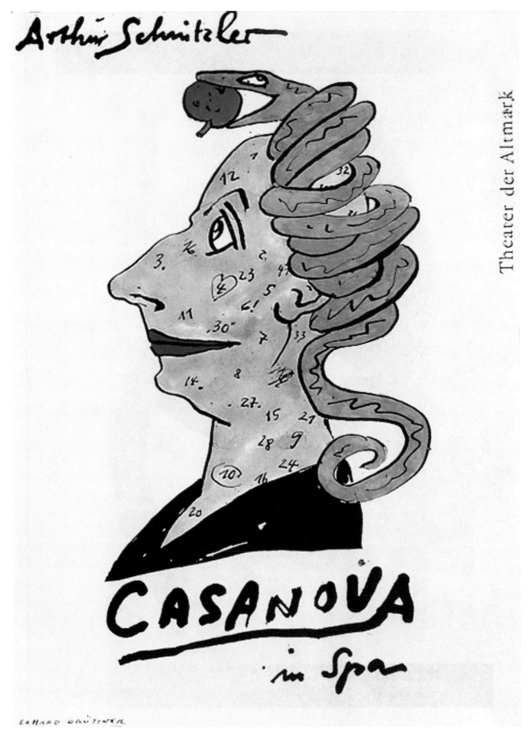

1999年

Casanova in Spa / Arthur Schnitzler (Ostereichischer Dramatiker)

Die Liebes- und Lebensgeschichte des Giacoma Casanova.

Casanova in Spa / Arthur Schnitzler (Austrian dramatist)

The amorous history and life of Giacomo Casanova.

跨越中西——靳埭强与格吕特纳的海报对话

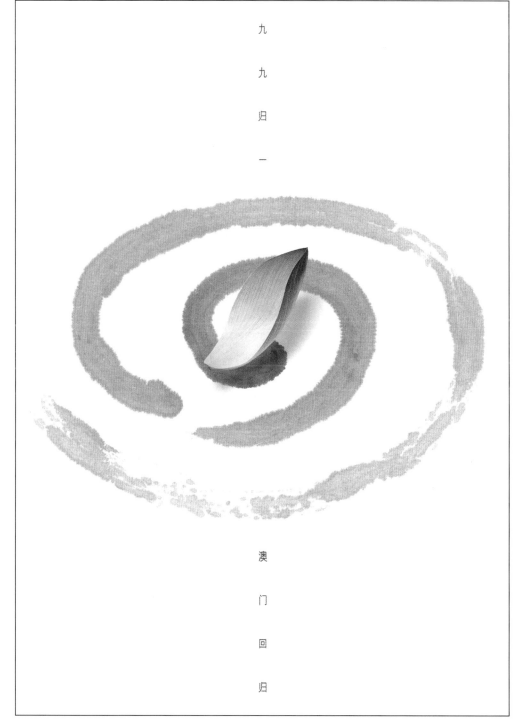

九

九

归

一

澳

门

回

归

1999年

Wiedervereinigung Macaos mit China

Ich malte "99" wie das Wort "回"(zurück) in Tusche. Ein Blumenblatt vom Lotus (die Stadtblume von Macao) ist als ein Fährboot dargestellt. Dies zeigt einen historisch unvermeidlichen Abschnitt.

Reunification of Macau to China

"99" was written in the form of the Chinese character " 回 " (Return) by water-ink calligraphy, so as to celebrate the runification. A petal of lotus, i.e. the flower of Macau, was added to highlight the municipality and the historic event.

恐怖依凡／艾森斯坦／苏联

沙皇依凡四世的悲剧。

1977年

Iwan der Schreckliche / Ein russischer Film von Sergej Eisenstein

Die Tragödie des Zaren Iwan IV.

Ivan the Terrible / A Russian film by Sergei Eisenstein

The tragedy of Czar Ivan IV.

GREEN

跨越中西——靳埭强与格吕特纳的海报对话

2000年

Grün

Das sehr lange von mir bewahrte Blatt ist sehr schön. Es stellt dar, dass die Natur im Grün blutet. Eine Warnung an die Menschen.

Green

This piece of leaf of mine which has been kept for years is a great beauty. It can be used to manifest Mother Nature. The bleedinig of green blood is a warning for us.

普拉多诺夫 ／ 契诃夫（俄国剧作家）

一个中产社会在临死前的挣扎中崩溃。

1984年

Platonow / Drama von Anton Tschechow (Russischer Dramatiker)

Eine bürgerliche Gesellschaft zerbricht an ihrer Agonie.

Platonov / Play by Anton Chekhov (Russian dramatist)

A bourgeois society is destroyed by its agonies.

GREEN&LIFE 綠與生命

2004年

Grün und Leben

In den Blattadern erscheint eine menschliche Gestalt. Ich bildete sie in Tusche ab. Eine Darstellung von Natur und Menschen, die voneinander abhängig sind.

Green & Life

Human image can be seen amid the leaf veins. Painted with water-ink to display the close relationship between nature and human.

1983年

鱼／哈克斯（德国戏剧家）

此剧讲墨西哥有一种鱼，事实上是未发育完整的人，一位自然科学家发现它以后，想把它教育成人的超现实故事。

Die Fische / Peter Hacks (Deutscher Dramatiker)

Ein surreales Stück. In Mexiko gibt es eine Art von Fischen, welche in Wahrheit in ihrer körperlichen Ausreifung gehemmte Menschen sind. Ein Naturforscher hat ihr Geheimnis erraten und will sie zu ernsthaften Bügern heranziehen.

The Fishes / Peter Hacks (German dramatist)

A surreal piece. There is a certain kind of fish in Mexico. In reality, they are human beings whose physical maturity has been inhibited. A natural scientist has guessed their secret and wants to raise them to be serious citizens.

印度尼西亚希望之光

海啸之后，印度尼西亚灾区百废待兴，我以破纸制成鱼形，以米作星光，为印度尼西亚祝福。

LIGHT OF HOPE FOR INDONESIA

2005年

Licht der Hoffnung für Indonesien

Nach dem Tsunami müssen in den Katastrophengebieten Indonesiens noch viele Aufgaben bewältigt werden. Ich gestaltete die Fisch-Form aus zerrissenem Papier und das Sternenlicht aus Reis, um für Indonesien Segenswünsche auszudrücken.

Light of Hope for Indonesia

After the attack of tsunami, Indonesia needs to be built up again from the ruins. I used torn paper as fish and rice as stars to make a wish for the country.

浮士德Ⅰ和Ⅱ／歌德（德国古典主义诗人）

卡尔·马克思市立剧场的演出（主题：生与死，天堂与地狱，黑色底）。

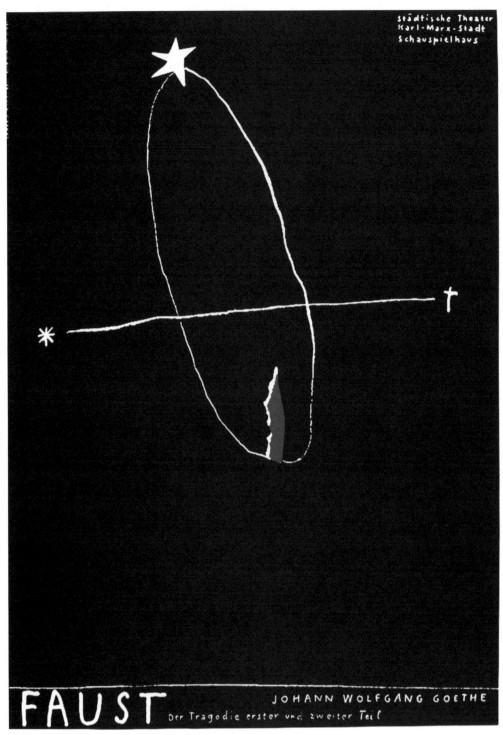

1992年

Faust I und II / Johann Wolfgang von Goethe (Deutscher Dichter der Klassik)

Aufführung im Städtischen Theater Kad- Marx Stadt .(Motiv: Geburt und Tod, Himmel und Hölle ,Schwarzer Fond)

Faust I and II / Johann Wolfgang von Goethe (German classical poet)

performed at Städtisches Theater Karl-Marx Stadt .(motif:birth and death, heaven and hell, black background)

水墨的年代

跨越中西——靳埭強與格呂特納的海報對話

SHUI MO

The New Spirit of Chinese Tradition · Oct. 8-16, 1985 · 4th & 5th Floors, Hong Kong Arts Centre

Presented by art east / art west

東西畫廊主辦

一九八五年十月八日至十六日 · 上午十時至下午八時 · 香港藝術中心四樓及五樓包兆龍畫廊

水墨的年代畫展

紀念老師的畫展，運用他晚年作品風格，以墨漬為淤泥，朱點為蓮花，表現『不染』的佛家意象，承傳老師的創意以示追思。

1985年

Sui Mo – Tuschmalerei – Ausstellung

In dem Ausstellungsplakat zu Ehren des Lehrers Sui Mo verwendete ich seinen Spätstil. Die Tuschspuren bilden den Erdematsch ab und rote Punkte repräsentieren den Lotus. Dies symbolisiert das buddistische Bild des "Nicht –Beschmutzt-Werdens". Ich setze damit das kreative Erbe des Lehrers fort und zeige meine Erinnerung an ihn.

Shui Mo – Ink Painting Exhibition

In memory of my late teacher, I used ink spots to stand for mud and red dots for lotus flowers to present the Buddhist imagery of non-contamination.

明娜·冯·巴尔赫姆／莱辛（德国戏剧家）

一出市民喜剧，七年战争背景揭示出国王的独断和臣民要求享有权利、平等的严肃紧张冲突。

1983年

Minna yen Barnhelm / Gotthold Ephraim Lessing (Deutscher Dramatiker)

Ein bürgerliches Lustspiel. Vor dem Hintergrund des Siebenjährigen Krieges wird aus dem Widerspruch zwischen königlicher Willkür und dem Anspruch eines Untertanen auf Recht und Gerechtigkeit ein aktueller und ernster Konflikt.

Minna von Barnhelm / Gotthold Ephraim Lessing (German dramatist)

A bourgeois comedy. Set in the Seven Years' War, the clash between a despotic king and a slave's claim to rights and justice turns into an actual and serious conflict.

THE LIVING HERITAGE

跨越中西——靳埭强与格吕特纳的海报对话

2001年

Das lebendige Erbe

Die Farbenmischteller und die Punkte und Linien in Tusche sind Kulturelemente. Der Lotus steht für die unsterbliche kulturelle Vitalität.

The Living Heritage

Color mixing tray and dots and lines of water-ink are the elements of culture. The imagery of lotus represents the everlasting energy of culture.

woyzeck "was ist das, was in uns lügt, mordet, stiehlt?" georg büchner

anhaltisches theater dessau

2007年

胡扎克／布悉尼（德国戏剧家）

社会环境造成胡扎克被虐待、糟踏和变成凶犯，社会谋杀了人。

Woyzeck / Georg Büchner (Deutscher Dramatiker)

Die sozialen Bedingungen haben Woyzeck zur mißbrauchten Kreatur und zum Verbrecher gemacht. Die Gesellschaft mordet.

Woyzeck / Georg Büchner (German dramatist)

Social circumstances have made Woyzeck an abused creature and a criminal. Society is the killer.

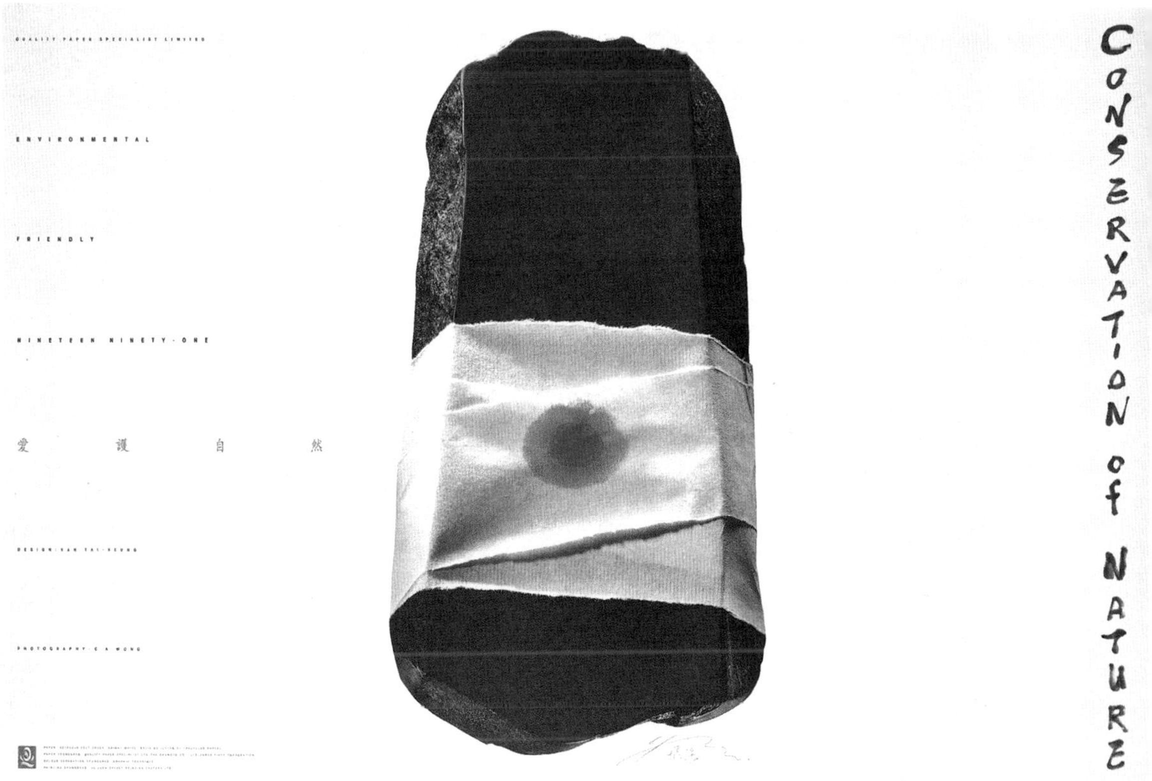

QUALITY PAPER SPECIALIST LIMITED

ENVIRONMENTAL

FRIENDLY

NINETEEN NINETY-ONE

爱　　护　　自　　然

DESIGN·KAN TAI-KEUNG

PHOTOGRAPHY·C.K.WONG

1991年

爱护自然

以石代表自然，以宣纸、朱墨作纱布和血，象征大自然受伤了。

Erhaltung der Natur

Der Stein symbolisiert die Natur；das Reispapier und rote Tinte stehen für Bandage und Blut. Das bedeutet, dass die Natur verletzt ist.

Conservation of Nature

With stones standing for nature, Xuan paper and red ink standing for gauze and blood, the work is a symbol of our injured Mother Nature.

1976年

Amarcord / Ein italienischer Film von Federico Fellini

Ein pupertär-surrealistischer Blick auf das Porträt einer Stadt vor dem Hintergrund des italienischen Faschismus der 30-Jahre.

Amarcord / An Italian film by Federico Fellini

A pubertal, surrealistic look at the portrait of a city against the background of Italian fascism in the 30s.

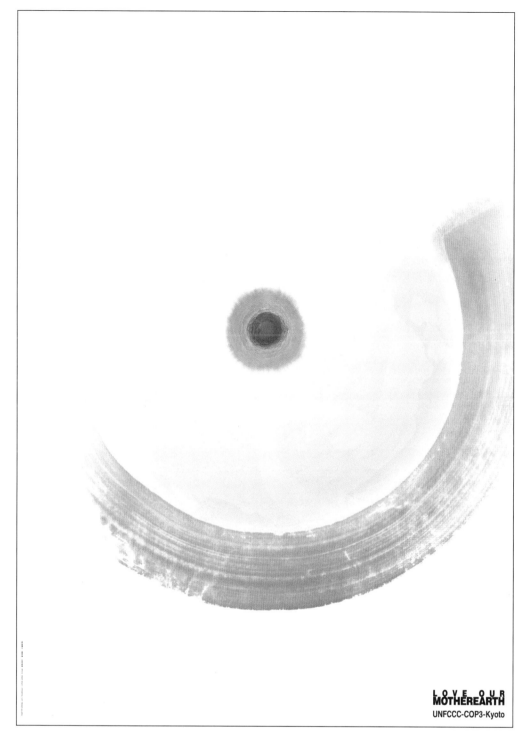

跨越中西——靳埭强与格吕特纳的海报对话

我爱大地之母

应京都环保会议国际海报展邀请而创作，我以红点化为乳头，加上肌肤色调的太平洋地图，表现我爱大地之母的主题。

1998年

Liebe unsere Mutter Erde

Das ist ein auf Einladung kreiertes Plakat für die internationale Plakatausstellung der Umweltschutzkonferenz in Kyoto. Ich verwandelte einen roten Punkt in eine Brustwarze und fügte die hautfarbene Pazifikkarte hinzu, um meine Liebe zur Mutter Erde darzustellen.

Love Our Motherearth

A work for the exhibition to mark the International Environmental Protection Conference held in Kyoto, the theme of "Love Our Motherearth" is broght forth by a map of the Pacific Ocean in fair skin color, on which red dots were added as the nipples.

格日特纳海报个展

于恩莫理西海报博物馆。

Erhard Grüttner **Plakate**

Plakatmuseum am Niederrhein, Emmerich

Ausstellung vom 19. April bis 14. Mai 1996

Geöffnet: Mo-Do 9-12 und 14-16 Uhr, Fr 9-12 Uhr
und nach telefonischer Vereinbarung
Fon (02822) 75413 Fax (02822) 10438

1996年

Erhard Grüttner – Plakate

Personalausstellung im Plakatmuseum Emmerich.

Erhard Grüttner – Posters

Solo exhibition in the Poster Museum, Emmerich.

跨越中西——靳埭强与格吕特纳的海报对话

Kan

Tai-

Keung

Design

Show

靳埭強設展

China Academy of Art
1999年3月12日至17日
上午8：30至11：30
下午1：30至4：30
中国美术学院陈列馆
中国 杭州 南山路218号
今届讲座3月12日晚6：30
中国美术学院第4报告厅举行
主办单位
中国美术学院艺术设计学院
中国美术学院外事处·教务处
协办单位
香港靳与刘设计顾问
广州力泰设计有限公司
杭州平面设计师协会
汕头美术（上海）印刷公司
中国美术设计艺术委员会
宁波平面设计师会协会会（筹）
杭州靳埭强广告有限公司
杭州之江国际广告公司
杭州美之广告公司
太阳广告公司
欧拉姆昌色彩和设计公司
中国美院学院
浙江开元文理学院

1999年

Kan Tai-keung Designausstellung in der chinesischen Kunstakademie

Das Wort Staat (国) ist aus Papier, Tusche, Lineal und roten Punkten konstruiert. Dies trägt das Thema von dieser Designausstellung in der chinesischen Kunstakademie in sich.

Kan Tai-Keung Design Show in China Academy of Art

Made up by paper, ink lines, a ruler and a red dot, the Chinese character "国" (country) brings forth the theme of Kan's show in China Academy of Art.

群鬼／易卜生（挪威剧作家）

一部关于充满欺骗与假象的婚姻生活，儿子最后精神错乱的家庭剧。

1983年

Gespenster / Henrik Ibsen (Norwegischer Dramatiker)

Ein Familiendrama. Ein Eheleben in Lug und Trug, in dem der Sohn in geistiger Umnachtung endet.

Ghost / Henrik Ibsen (Norwegian dramatist)

A family drama. A marriage based on lies, in which the son ends up with mental derangement.

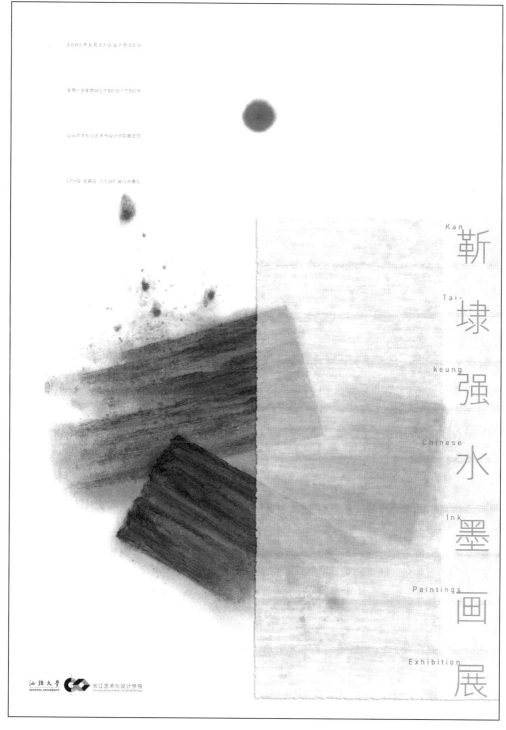

跨越中西——靳埭强与格吕特纳的海报对话

2005年

Kan Tai – keungs Chinesische Tuschmalerei-Ausstellung

Ich arbeitete direkt mit einem Werk meiner Malerei. Die Effekte des Überlappens von Reispapier und Tusche erzeugen eine stärkere Vielschichtigkeit der Räume. Dies stellt die Umwandlung meiner unterschiedlichen Schaffensabschnitte ab.

Kan Tai-keung Chinese Ink Painting Exhibition

On my painting the transparent and overlapping effect of Xuan paper and ink lines enhances the layered feeling of space, signifying a change in room for creation at different stages.

未完成的作品为机械式钢琴／米开寇夫／苏联

根据契诃夫十九世纪的社会剧而作。

1979年

Unvollendetes Stück für ein mechanisches Klavier / Ein russischer Film von Nikita Michalkow

Ein Gesellschaftsdrama des 19. Jahrhunderts nach Anton Tschechow.

Unfinished Piece for Mechanical Piano / A Russian film by Nikita Michalkow

A society drama of the 19th century based on Anton Chekhov.

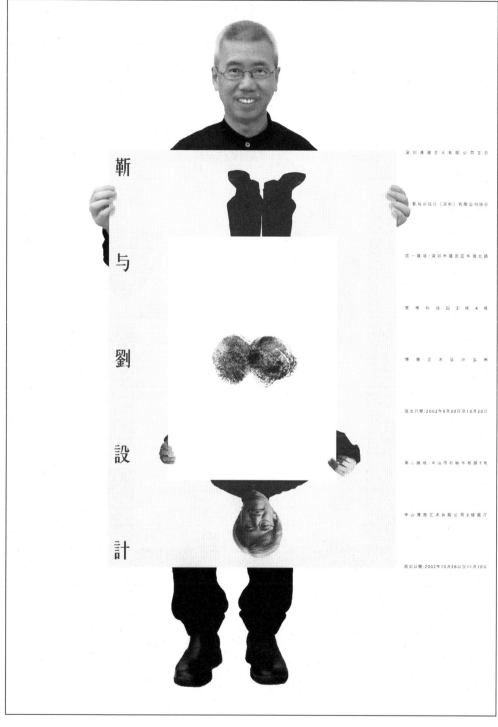

跨越中西——靳埭强与格吕特纳的海报对话

2002年

Kultur Kan Tai-keung, Kan und Lau Design Berrater, Shenzhen Zhongshan Ausstellung

Ich stellte einfach zwei Poträts von mir aus verschiedenen Epochen verkehrt gegeüber. Die Fingerabdrücke sind hinzugefügt, um das Thema hervorzuheben. Die visuellen Effekte sind interessant.

Kan Tai-keung Culture, Kan and Lau Design Consultants, Shenzhen Zhongshan Exhibition

Finger prints were added directly to my portraits of two generations, in tete-beche positions, to bring out the theme and also an interesting visual effect.

仲夏夜之梦／莎士比亚（英国戏剧家）

大师级的喜剧，愉悦和忧伤交织或新新的整体气氛，通过神奇地变化驴子——册特（小纸头），策划出一段暧昧关系。

1984年

Ein Sommernachtstraum / William Shakespeare (Englischer Dramatiker)

Diese meisterliche Komödie ist getragen von einer Stimmung, in der Fröhlichkeit und Schwermut zu einem neuen Ganzen miteinander verwoben sind. Eine wundersame Verwandlung läßt den Esel, Zettel" eine Liebelei inszenieren.

Die Sommergäste / Maxim Gorki (Russischer Dramatiker)

This masterly comedy is infused with a mood, in which gaiety and melancholy are interwoven into a new unity. A miraculous transformation allows the donkey Zettel to stage a romantic interlude.

跨越中西──靳埭強與格呂特納的海報對話

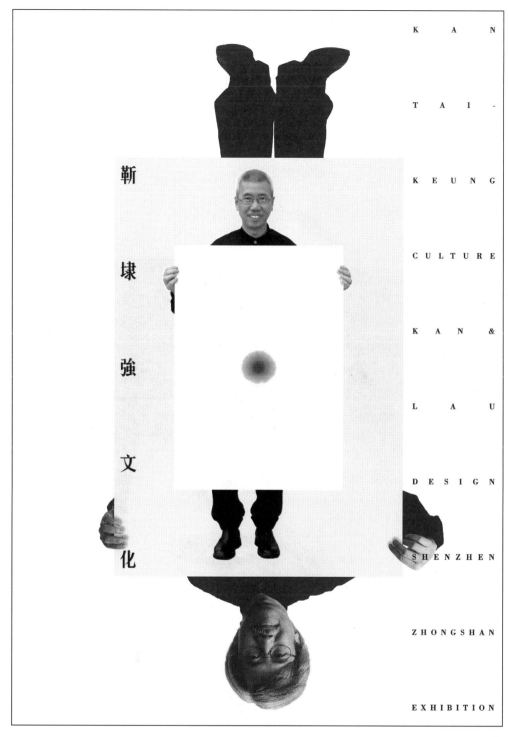

2002年

Kultur Kan Tai-keung, Kan und Lau Design Berater, Shenzhen Zhongshan Ausstellung

Ich stellte einfach zwei Poträts von mir aus verschiedenen Epochen verkehrt gegeüber. Die roten Punkte sind hinzugefügt und die visuellen Effekte sind interessant.

Kan Tai-keung Culture, Kan and Lau Design Consultants, Shenzhen Zhongshan Exhibition

Red dots were added directly to my portraits of two generations, in tete-beche positions, to bring out the theme and also an interesting visual effect.

石之迹／拜尔／德国电影

一群建筑工人对抗在工作职场中现有的政治条件。眼睛前面擦干净的玻璃板，代表对现有关系的「清楚认识」。

Nach Motiven des
gleichnamigen Romans
von Erik Neutsch
mit **MANFRED KRUG**
Krystyna Stypułkowska
Eberhard Esche
Johannes Wieke
Walter Richter-Reinick
Hans-Peter Minetti

SPUR DER STEINE

DREHBUCH: KARL-GEORG
EGEL·FRANK BEYER
REGIE: FRANK BEYER
Produktionsleitung:
Dieter Dormeier
Kamera:
Günter Marczinkowski
Szenenbild: Harald Horn

1966年

Spur der Steine / Ein deutscher Film von Frank Beyer

Eine Baubrigade oponiert gegen die bestehenden politischen Bedingungen am Arbeitsplatz.Die freigewischte Glasscheibe vor den Augen
zeigt die "Klarsicht" auf die bestehenden Verhältnisse.

The Trace of Stones / A German film by Frank Beyer

A construction team opposes the current political conditions at their work place. The pane of glass wiped clean in front of the eyes shows the
"clear view" of the current conditions.

H A P P Y F A C E

作 是 快 乐 之 本

跨越中西——靳埭强与格吕特纳的海报对话

Enjoy Your Working Life

1991年

Arbeiten ist der Ursprung des Glückes Glückliches Gesicht

Ich gestaltete ein Symbol eines lächelnden Gesichts mit traditionellen Design-Werkzeugen und drückte damit aus, dass Design eine glückliche Tätigkeit ist.

Happy Face

Conventional designers' tools were used to form a happy face, so as to show that design is a job of pleasure.

吴布王／杰瑞（法国戏剧家）

超现实之作，一个不折不扣的市会变成真正的大谋杀者，人性的卑微和愚懦的象征变或精神上和心灵上变态象征。

1995年

Ubu roi (König Ubu) / Eine Groteske von Alfred Jarry (Französischer Dramatiker)

Ein surrealistisches Stück. Der perfekte Spießer wird zum perfekten Massenmörder. Ein Symbol menschlicher Niedrigkeit und Dummheit wird zum Sinnbild geistiger und seelischer Deformation.

King Ubu / A grotesque by Alfred Jarry (French dramatist)

A surrealist piece. The perfect bourgeois becomes the perfect murderer. A symbol of human baseness and stupidity transformed into a metaphor for spiritual and psychological deformation.

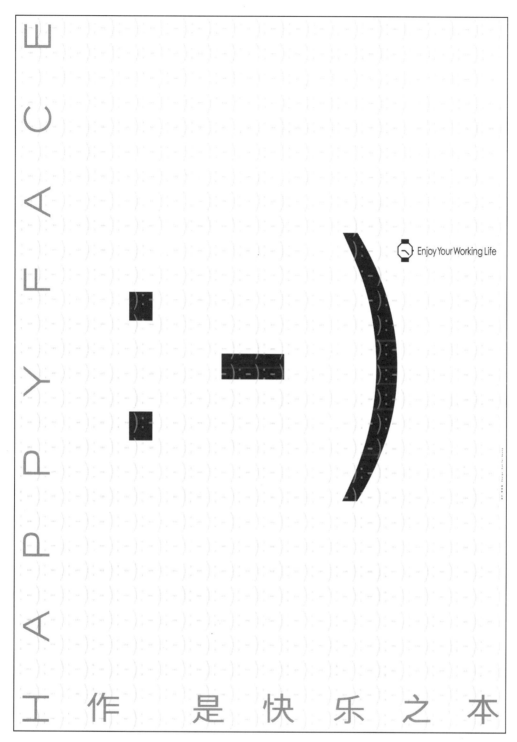

HAPPY FACE

跨越中西——靳埭强与格吕特纳的海报对话

Enjoy Your Working Life

工 作 是 快 乐 之 本

1991年

Arbeiten ist der Ursprung des Glückes Glückliches Gesicht

Ich gestaltete ein Symbol eines lächelnden Gesichts mit digitalen Ziffern und drückte damit aus, dass digitales Design eine glückliche Tätigkeit ist.

Happy Face

Smileys were used to form a happy face, so as to show that digital design is a job of pleasure.

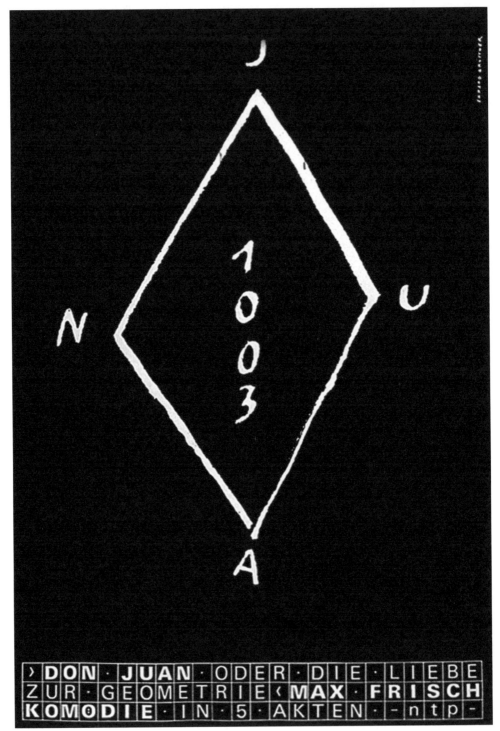

1995年

Don Juan oder die Liebe zur Geometrie / Komödie von Max Frisch (Schweizer Dramatiker)

Das Stück stellt den klassischen Verführer als Liebhaber der Wissenschaft dar, dem es nicht gelingt, sich den Verpflichtungen seines Rufs zu entziehen und in der Geometrie Erfüllung zu finden.

Don Juan or the Love of Geometry / Comedy by Max Frisch (Swiss dramatist)

This piece portrays the classic seducer as a science lover, who fails to extract himself from the obligation of living up to his reputation and find fulfilment in geometry.

跨越中西——靳埭强与格吕特纳的海报对话

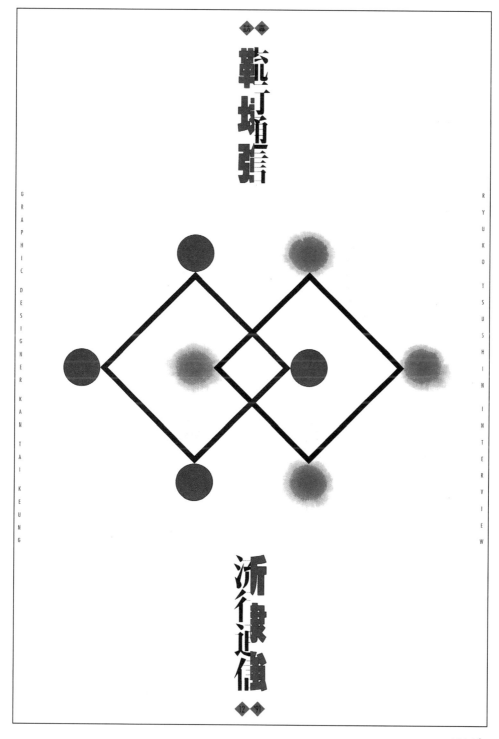

GRAPHIC DESIGNER KAN TAI KEUNG

RYUKO TSUSHIN INTERVIEW

1991年

Ryuko Tsushin Interview mit Kan Tai-keung

In das Logo meiner Firma "Fang Sheng" fügte ich einen roten Punkt hinein. Das charakterisiert die orientalische Kultur, die mein Werk beinhaltet.

RYUKO TSUSHIN Interview

Red dots were added into the logo to show that my works feature oriental culture.

Kieler Woche

20.-28.Juni

1998

1998年

Kieler Woche

Internationaler Segelwettbewerb und Kulturevent in Kiel.

Kiel Week

International Sailing Competition and Cultural Events in Kiel.

跨越中西——靳埭强与格吕特纳的海报对话

Jan Rajlich, senior

LONGEVITY

Message from Kan Tai-keung 靳埭强 Hong Kong, China

2000年

Langlebigkeit – Herzlichen Glückwunsch, Jan Rajlich, Senior

Ich haben ein Bild in dem Werk des tschechischen Designmeisters endeckt, das einem chinesisch-traditionellen Bild ähnelt. Ich nahm das Wort "壽" (langes Leben) im ählichen Stil und überlappte es mit dem Bild, um dem Meister ein langes Leben zu wünschen.

Longevity – Happy Birthday to Jan Rajlich, Senior

A figure of the Czech master's works has Chinese features. Therefore, I used the Chinese character "壽" (longevity) to blend wtih the master's figure to wish him longevity.

浮士德（二）／悲剧第一部与第二部／歌德（德国古典主义诗人）

歌德塑造浮士德这个形象，象征有创造力的人类和人类的历史．把进行务实的、有用于社会的工作，作为最高的信仰。

1997年

Faust 2 / Der Tragödie I. und II. Teil / Johann Wolfgang von Goethe (Deutschland Dichter der Klassik)

In der Figur des Faust gestaltet Goethe ein Sinnbild des schöpferischen Menschen und der Menschheitsgeschichte.Ein Bekenntnis zur praktisch, gesellschaftlich nützlichen Tätigkeit als der obersten Maxime menschlichen Daseins. (Motiv: Plus-Minus)

Faust 2 / The Tragedy, Part I and II / Johann Wolfgang von Goethe (German classical poet)

With the Faust character, Goethe creates a symbol of the creative man and the history of mankind. A declaration of practical, socially useful occupation as the highest maxim of human existence.

靳埭强商业＋文化——设计展览＋讲座

我在一个加号中，拼入一锭白银与一个笔架，象征商业与文化的结合。

1999年

Kan Tai-keung Geschäft + Kultur – Design-Ausstellung + Vorlesung

Das Pluszeichen wird kombiniert mit einem Stück Silber und einem Pinselständer. Dies symbolisiert die Verbindung von Geschäft und Kultur.

Kan Tai-keung Business + Culture – Design Exhibition + Lecture

A plus sign, incorporated with a silver ingot and a pen hanger, symbolizes a mixture of business and culture.

1969年

Internationale Leipziger Dokumentar- und Kurzfilmwoche

Festivalplakat von 1969-1985.

International Leipzig Documentary and Short Film Week

Festival poster from 1969-1985.

1997年

Homage an Yusaku Kamekura

Das wichtigste Performance- Plakat von Kamekura wird mit seinem Logo und einer Friedenstaube zusammengesetzt. Mein roter Punkt ist hinzugefügt, um meine Trauer zum Ausdruck zu bringen.

Homage to Yusaku Kamekura

In memory of Yusaku Kamekura, I combined his representative work with his logo and the dove imagery, and with the addition of red dots.

过渡时期的社会／布朗（德国戏剧家）

对一九八八年的德意志民主共和国的政治结构的思考。

1988年

Die Übergangsgesellschaft / Volker Braun (Deutscher Dramatiker)

Ein Nachdenken über die politischen Strukturen der DDR im Jahr 1988.

The Transitional Society / Volker Braun (German dramatist)

Reflections over the political structures in East Germany in 1988.

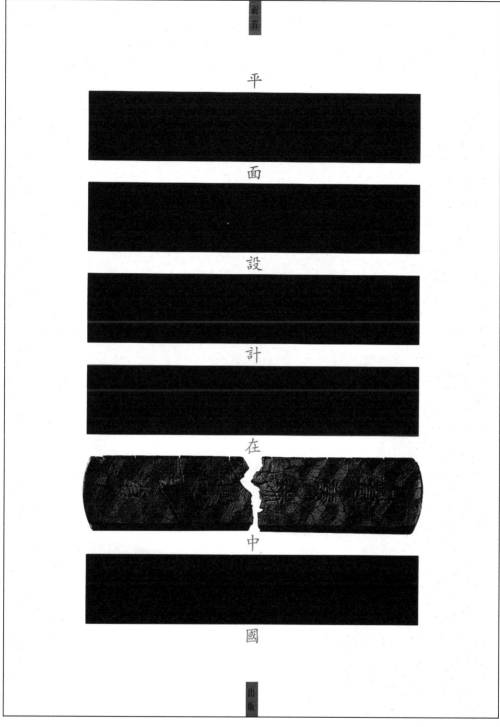

平
面
设
计
在
中
國

1992年

Glückwünsche zur Premiere von " Graphikdesign in China"

Das Bild mit dem Wort "墨" (ein Symbol der 8 Orakeldiagramme) auf dem Plakat ist das Bild desTitelblattes "Graphikdesign in China". Ich verwandelte die gebrochenen Linien von "墨"in die gebrochenen Tuschstäbe. Dies symbolisiert "das Alte niederreißen und das Neue aufbauen" im chinesischen Design.

Congratulation to premier of "Graphic Design in China"

The sieve on the poster also appeared on the cover page of "Graphic Design in Chinia". The broken lines of the sieve were replaced with broken antique ink sticks, which means Chinese designs must be able to produce creatives.

1987年

Das Patenkind / Ein polnischer Film von Henryk Bielski

Aufstieg und Fall einer korrupten Karriere.

The Godchild / A Polish film by Henryk Bielski

The rise and fall of a corrupt career.

上海纸百科纸品店

我运用纸折成立体文字，拍摄不同的空间感，表现纸可让设计具广阔的空间。

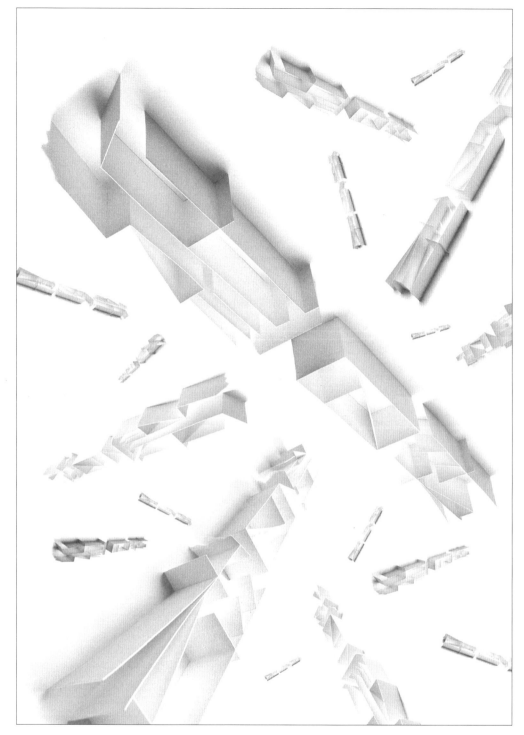

2002年

Papierkaleidoskop Shanghai

Ein Wort wird durch Papierfalten dreidimensional gestaltet, anschliessend werden Fotos davon gemacht, und die daraus entstandene räumliche Wirkung deutet darauf hin , dass Papier das Design mit weiten Räumen ausgestattet hat.

Paper Kaleidoscope Shanghai

Three dimensional Chinese characters were made by origami to bring out different space feelings , hence the idea that paper can provide much room to desginers.

2002年

罗密欧与茱丽叶 / 莎士比亚（英国戏剧家）

两个威罗那对峙家族间的古典爱情悲剧。

Romeo und Julia / Tragödie von William Shakespeare (Englischer Dramatiker)

Die klassische Liebestragödie innerhalb zweier zerstrittener veronesischer Familien-Clans.

Romeo and Juliet / Tragedy by William Shakespeare (English dramatist)

The classic romantic tragedy between two rival Veronese clans.

悼念保罗·兰德

保罗·兰德是我敬爱的偶像，上世纪八十年代有两面之缘，也曾受他来信鼓励。他早年有作品以达达字体创作，让我印象深刻。我以水墨字体配合大师字体，设计此海报向他致敬。

Homage to Paul Rand   Message from Kan Tai-keung   靳 埭 强   Hong Kong, China

1997年

Homage an Paul Rand

Paul Rand ist ein von mir verehrtes Idol. Ich bin ihm in den 80er Jahren zwei mal begegnet. Ich bekam auch aufmunternde Briefe von ihm. In seinen frühen Jahren hat er mit Dadatypographien gearbeitet, was mich sehr beeindruckt hat. Ich gestaltete ein Plakat, in dem meine Tuschschrift die Schrift des Meisters begleitet, um die Homage an ihn zu zeigen.

Homage to Paul Rand

Paul Rand is always the one I admire very much. In the 1980's we met twice and he even wrote to give me some words of encouragement. His early works included Dadaist typeface that impressed me deeply. As such, the design of this poster is a blend of water-ink calligraphy and the great master's typeface to pay homage to him.

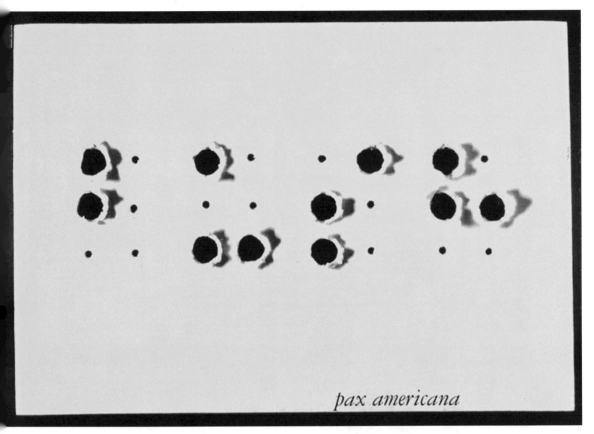

2004年

美国强权下之世界和平

个人对伊拉克战争的观点（参赛作品）。

pax americana

Persönliche Stellungnahme zum Irakkrieg (Wetlbewerbsbeitrag).

pax Americana

Personal statement on the war on Iraq (competition entry).

跨越中西——靳埭强与格吕特纳的海报对话

2001年

01 Erleuchtung

Eine auf Einladung gefertigte Arbeit für die Ausstellung – das Plakat als Thema . Ich wählte das Symbol "01" als Motiv aus, fügte die chinesische Version dafür ("0 —") hinzu, aus den beiden entsteht das Logo meiner Firma "Fang Sheng". Die chinesische Tradition und die neue Technik verschmelzen auf natürliche Art und Weise.

01 Enlightening

A design for a poster exhibition, the digits "0" and "1" and their Chinese counterparts made up the logo of my company. It signifies the natural integration of Chinese tradition and modern techonology.

Maxim Gorki Theater

1984年

大堂／康德（德国作家）

关于一位年轻的左派分子的生命历程的当代剧。

Die Aula / Hermann Kant (Deutschler a)

Gegenwartsstück über den Lebensweg eines jungen Linken.

The Hall / Hermann Kant (German writer)

Contemporary play about a young leftist's journey through life.

跨越中西——靳埭强与格吕特纳的海报对话

设计改变生活
DESIGN CHANGES LIFE

INTERNATIONAL DESIGN EXPOSITION
2006 中国·北京国际设计博览会
CHINA BEIJING

2006年

Design verändert das Leben

Ich konstruierte das Wort "LIFE" mit den Buchstaben der Logos vierer internationaler Marken und die Symbole neuer Währungen, um den Einfluss des Designs auf das Leben darzustellen.

Design Changes Life

The word "LIFE" was formed by the logos of four international brands and a new dollar sign, so as to signify the effect of design on life.

法国铁路局『短暂相遇——利用这个机会』

去国失各回示示生完骒幼每很草槁（日黎）。

2001年

SNCF"Briefencounters - use the chance"

Plakatentwurf zum Thema für den Internationalen Wettbewerb der französischen Eisenbahn .(Paris)

SNCF's "Briefencounters - use the chance"

Thematic poster design for the international competition of the French railway company .(Paris)

跨越中西——靳埭强与格吕特纳的海报对话

愛

与

和

平

2002年

Liebe und Frieden

Die Form eines Herzens ist mit den Buchstaben kombiniert. Es zeigt, dass Liebe und Frieden einander bedingen.

Love and peace

The heart shape can combine with alphabets. Everybody should have concern for love and peace.

挑衅的人

「句句主改教」德国海报比赛。海堂苗与德国状态的文学作品全面被审查，而且在他有生之年几乎所有作品被列为禁书，长期住在法国。

2006年

Agence Provocateur (unruhestiftende Agentur)

Hommage à Heinrich Heine. Deutscher Plakatwettbewerb.Seine literarischen Beiträge zur deutschen Befindlichkeit wurden grundsätzlich zensiert und standen zu seinen Lebzeiten fast ausschließlich auf der Liste der verbotenen Bücher. Lebte sehr lange in französischer Emigration.

Inciting agency

Homage to Heinrich Heine. German poster competition.His literary writings on the German condition was basically censored and remained almost exclusively on the list of banned books during his lifetime. He lived in exile in France for a long time.

跨越中西——靳埭强与格吕特纳的海报对话

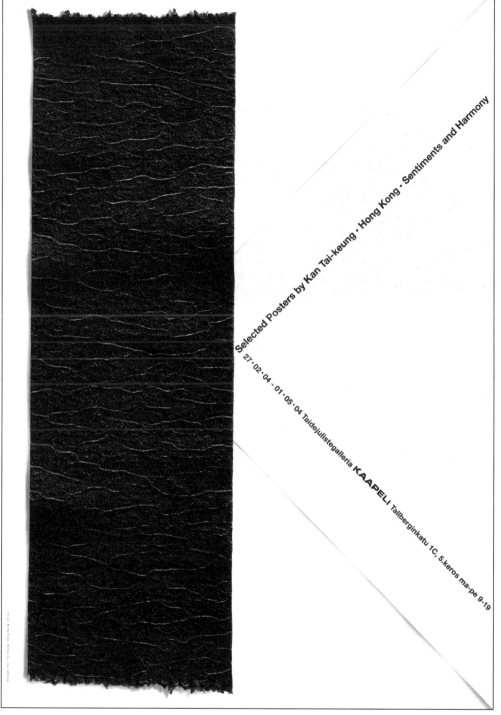

Selected Posters by Kan Tai-keung · Hong Kong · Sentiments and Harmony

27 · 02 · 04 - 01 · 05 · 04 Taidejulistegalleria **KAAPELI** Tallberginkatu 1C, 5.keros ma-pe 9-19

赫尔辛基靳埭强海报展

黑色胶贴是我在邮件上偶得的，成为我设计中的元素，将它贴在海报一角上与字体排列成「K」（我英文姓氏的首字母），视觉效果非常简洁。

2004年

Plakatausstellung Kan Tai-keung. Helsinki

Die Idee der Anwendung schwarzen Klebebandes habe ich zufällig durch eine Postsendung bekommen. Es ist ein Element in meinem Schaffen geworden. Ich klebte es an einer Ecke des Plakates und setzte es mit Schriftarten zusammen, um den Buchstabe "K" (der erste Buchstabe meines Familiennamens) zu bilden. Die visuellen Effekte sind sehr kurz und bündig.

Kan Tai-keung Poster Exhibition, Helsinki

The black tapel which I got incidentally on a mail became my design element. Sticking it on a corner of the poster, forming the letter "K" (the first letter of my surname) with the typeface gives a very terse visual effect.

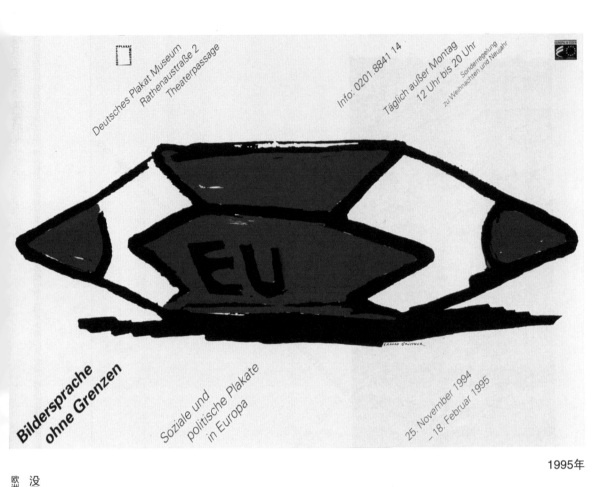

Deutsches Plakat Museum
Rathenaustraße 2
Theaterpassage

Info: 0201.8841 14

Täglich außer Montag
12 Uhr bis 20 Uhr
Sonderregelung
zu Weihnachten und Neujahr

Bildersprache
ohne Grenzen

Soziale und
politische Plakate
in Europa

25. November 1994
– 18. Februar 1995

1995年

没界限的图像语言

欧洲社会与政治海报，于艾森海报博物馆。

Bildersprache ohne Grenzen

Soziale und palitische Plakate aus Europa im Plakatmuseum Esse.

Pictorial Language without Borders

Social and political posters from Europe in the Poster Museum, Essen.

跨越中西——靳埭强与格吕特纳的海报对话

1999年

Kommunikationskunst – Sonderreihe über die Arbeiten von Kan Tai-keung

Ich schrieb den Buchstabe "C" in Tusche und drückte damit den chinesischen Hintergrund meines Designs aus. Das gebrochene Lineal und der gebrochene Pinsel bilden den Buchstaben "A" und sagen daher aus, dass meine Kreativität nicht von Geräten und starren Regeln eingeengt wird.

Communication Arts – Special Feature on the Works of Kan Tai-keung

A letter "C" was written by water-ink to show that my works have a Chinese cultural background. A letter "A" was constructed by a bent ruler and a broken brush to show that my works are free from the binding of tools and outmoded conventions.

罗马妈妈／帕索里尼／意大利电影

罗马贫民窟的家庭剧。

Anna Magnani in
MAMMA ROMA
Ein italienischer Film von
PIER PAOLO PASOLINI
mit Ettore Garofolo Franco
Citti Silvana Corsini u.a.
Kamera: Tonino Delli Colli
Musik: Carlo Rustichelli

1967年

Mama Roma / Ein italienischer Film von Pier Paola Pasolini

Familiendrama im Armenviertel Roms.

Mamma Roma / An Italian film by Pier Paolo Pasolini

Family drama in Rome's poor district.

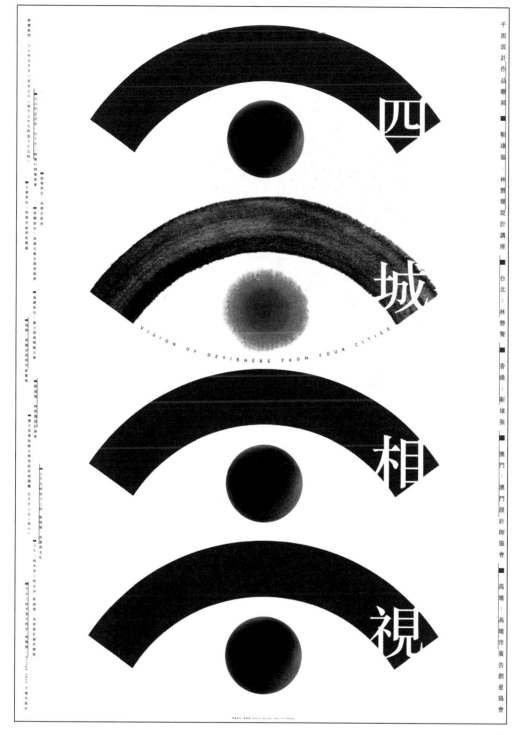

跨越中西——靳埭强与格吕特纳的海报对话

平面设计作品联展 ■ 靳埭强·林磐耸设计讲座 ■ 台北：林磐耸 ■ 香港：靳埭强 ■ 澳門：澳門設計師協會 ■ 高雄：高雄市廣告創意協會

VISION OF DESIGNERS FROM FOUR CITIES

2001年

Designervision von vier Städten

Ich konstruierte ein Bild mit vier Augen und stellte damit den Design-Austausch unter den Designern der vier Städte dar.

Vision of Designers from Four Cities

An interflow of designers from four cities is signified by the imagery of four eyes.

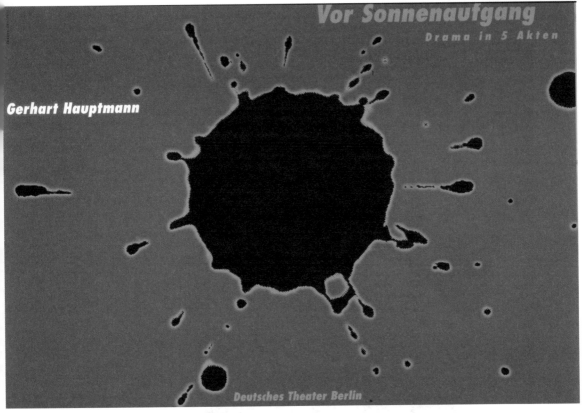

2005年

日出之前／霍普特曼（德国戏剧家）

反映资产阶级与劳工间的明显矛盾的戏剧。

Vor Sonnenaufgang / Gerhart Hauptmann (Deutscher Dramatiker)

Das Drama behandelt den eklatanten Widerspruch zwischen Bourgeoisie und Proletariat.

Before Sunrise / Gerhart Hauptmann (German dramatist)

The play explores the sharp conflict between the bourgeois and the proletariat.

跨越中西——靳埭强与格吕特纳的海报对话

2002年

FIFA Fußballweltmeisterschaft in Korea und Japan

Die Ecke eines Fußballtores mitsamt der japanischen und der koreanischen Nationalflagge bilden den Buchstaben "F". Die Dynamik der Formen und das Arrangement der Wörter zeigen die Spannung eines Fußballspieles besonders effektvoll.

Korea Japan FIFA World Cup

The corner of a goal frame and the national flags of Japan and Korea form the letter "F". A spetacular match is vividly portrayed by the dynamic expression of the picture and presentation of the script.

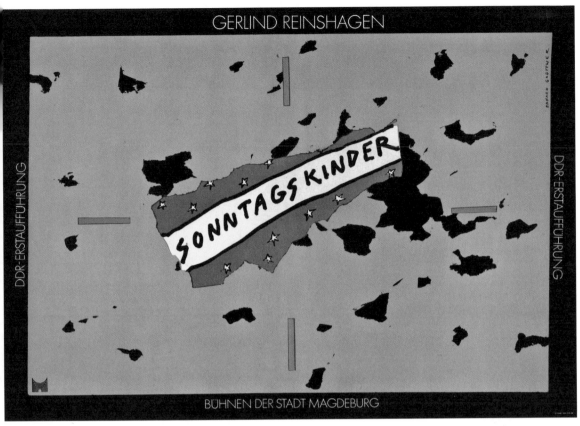

1988年

星期天的小孩／来恩斯哈根（德国女作家）

关于第二次世界大战中，犹太儿童的命运的戏剧性故事。

Sonntagskinder / Gerlind Reinshagen (Deutsche Schriftstellerin)

Eine dramatische Geschichte über Schicksale jüdischer Kinder im 2. Wellkrieg.

Sunday Children / Gerlind Reinshagen (German woman writer)

A dramatic history about the fate of Jewish children during World War II.

跨越中西——靳埭强与格吕特纳的海报对话

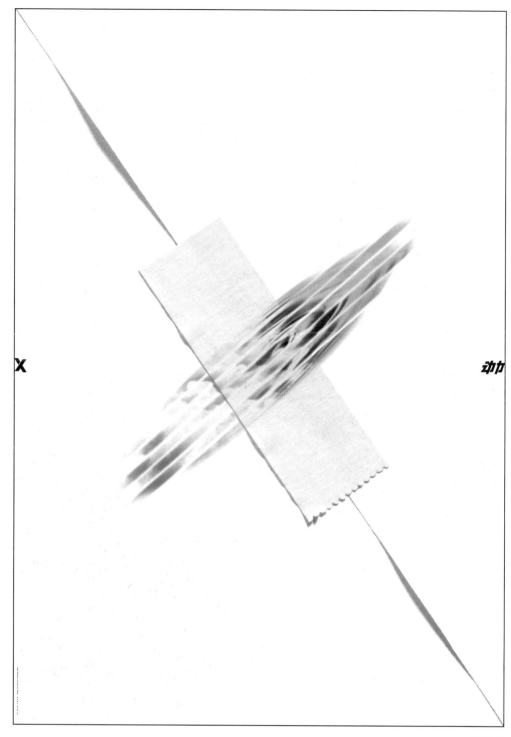

X

动力

2003年

X Kraft

Das geschnittene Bild vom blauen Himmel und grünen Wasser mit dem Klebeband bilden das Symbol X, um Motivation für ein Engagement für die Umwelt zu schaffen.

X Power

"X" was formed by the fractured image of the sky and ocean with the addition of tape, so as to urge people to continue with their efforts on environmental protection.

探戈演奏者 / 葛瑞夫 / 德国电影

式图灰复一段毁灭的爱情。

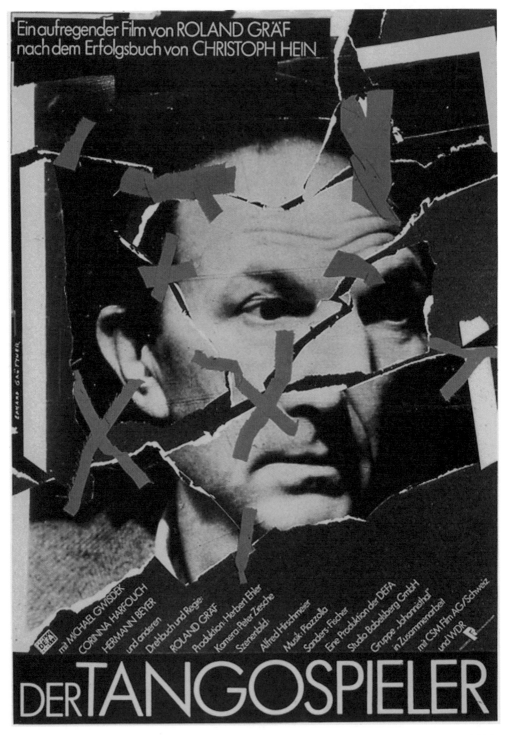

1990年

Der Tangospieler / Ein deutscher Film von Roland Gräf

Eine zerstörte Lebensgeschichte mit dem Versuch der Rehabilitierung.

The Tango Player / A German film by Roland Gräf

A wrecked love story with the attempt of rehabilitation.

跨越中西——靳埭强与格吕特纳的海报对话

2005年

X Sorgfalt

In einem Raum zwischen zerrissenem Papier taucht ein in Tusche gemaltes Pflanzenblatt auf, um die Sorgfalt für die Natur zu wecken.

X Care

Emerging from the crevice of a piece of paper arouses people's concern about Mother Nature.

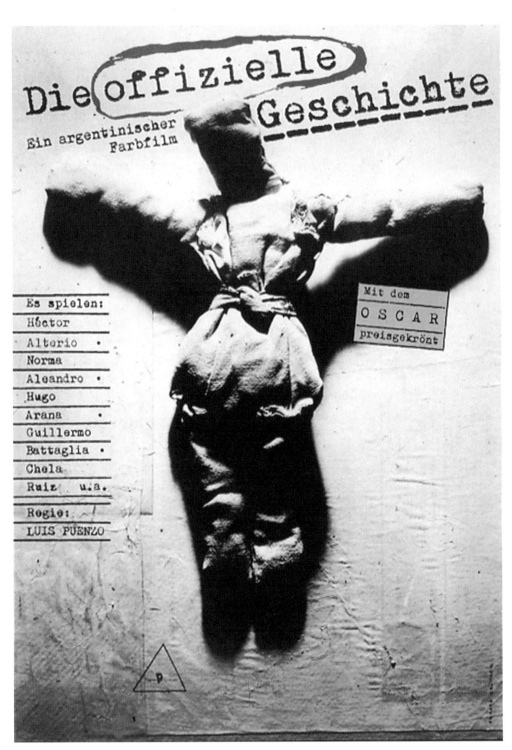

烽火人间 / 普恩佐 / 阿根廷电影

可以是上帝的宗教与政治压制。

1987年

Die offizielle Geschichte / Ein argentinischer Film von Luis Puenzo

Eine religiöse und politische Tragödie der argentinischen Gesellschaft.(Symbol der Kreuzigung)

The Official Story / An Argentine film by Luis Puenzo

A religious and political tragedy about Argentine society.(The crucifixion symbol)

1996年

Typographische Botschaften für das 21. Jahrhundert

Eine auf Einladung gefertigte Arbeit für die japanische Zeitschrift Typographie : ein alter Tuschstab und ein Tuschestrich bilden den Buchstabe "T" ab. Mit dem hinzugefügten "Y.P.O" (die Abkürzung von Typographie) entsteht das dem Menschenkörper ähnliche Bild. Es zeigt, dass die Kultur dem Design der Typographie neues Leben schenken kann.

Typographical Messages for the 21st Century

A design by invitation of a Japanese typographical messages magazine, in which a human body was formed by the letters of the word "TYPO", symbolizing that injection of cultural elements can give a new life to typographical messages.

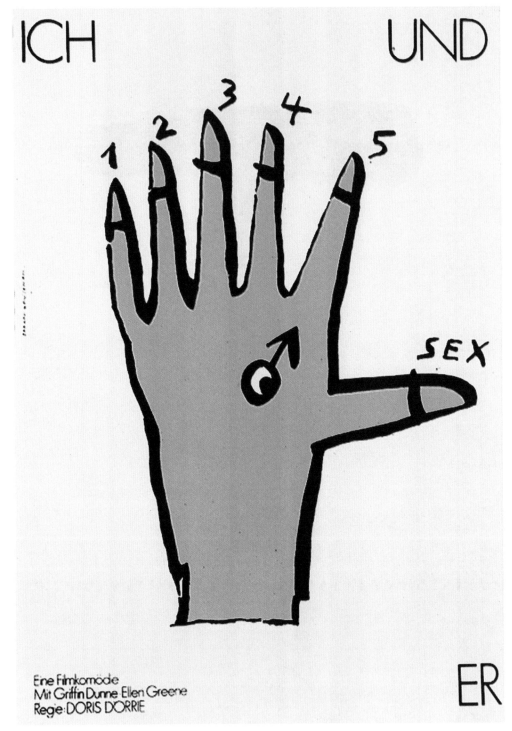

1989年

Ich und Er / Eine deutsche Filmkomödie von Doris Dörri

Eine ironische Auseinandersetzung mit dem "männlichen Geschlecht". (Bildmotiv vereint Hahn- männliches Symbol- 6 Finger)

Me and Him / A German comedy by Doris Dörrie

An ironic treatment of the "male sex". (pictorial motif joins together cock – male symbol – six fingers)

跨越中西——靳埭强与格吕特纳的海报对话

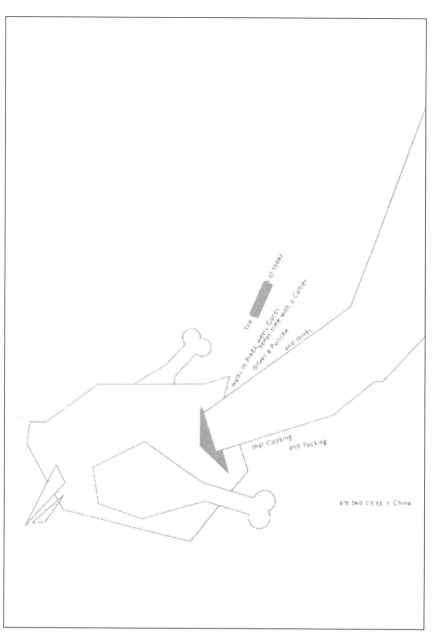

做饭与做爱 鸡——设计／雅丽珊蒂（奥地利）

我与奥地利设计师雅丽珊蒂的互动创作，表达现今的『大女人』满身穿戴各种名牌服饰，以豪华名贵的跑车代步，却不知『做饭与做爱』为何物。这正如雅丽珊蒂的境况：年逾四十，单亲家庭，有两个小朋友，为事业而努力，工作繁重。因此，『做饭与做爱』许多时候都只是镜花水月，像中国城市一样遥远。我以一个『中国城市』的幽默意念，作为系列海报的创作主旨，表现当今女性四个重要的元素：『活京』（工作）、『姬城』（吻）、『沸京』（做爱）和『妞陵』（哺育），表现出现代女性的生活境况。

2002年

Kochen und Ficken: Huhn – von Cordula Alessandri (Österreich) gestaltet

Das Werk ist eine Zusammenarbeit von mir und Cordula Alessandri und drückt aus, dass die Superfrauen von heute durchgehend Markenkleider und Schmuck tragen, edle Rennautos fahren, aber keine Ahnung von "Kochen und Sex" haben. Das spiegelt genau Alessandris Situation wider: sie ist etwa vierzig, alleinerziehende Mutter mit zwei Kindern, karrierebewußt, und arbeitet viel. Daher sind die Momente von "Kochen und Sex" sehr flüchtig wie eine Blume im Spiegel und der Mond im Wasser, und so weit entfernt wie die chinesischen Städte.Ich stüze mich auf diese humorvolle Idee der "Chinesischen Städte" und wähle sie als das Thema dieser Serie von Arbeiten, um die vier Lebenselemente der heutigen Frauen zu schildern - "Huo Jing" (Working), "Ji Cheng" (Kissing), "Fei Jing"(Fucking), "Niu Ling"(Nurturing). (Bemerkung der Übersetzerin: Jing (京) , Cheng (城) und Ling (陵) sind Ausdrücke für Stadt im alten Chinesischen. Und diese vier fiktionalen Städte klingen ähnlich wie working, kissing, fucking und nurturing.)

Cooking and Fucking: Chicken – Designed by Cordula Alessandri (Austria)

An interactive creation with the Austrian designer Cordula Alessandri, this work tells about the situation of modern women in which they are so far away from "cooking and fucking" despite living in luxury. That is exactly Alessandri's story: aged over 40, being a single-parent who needs to raise two kids, preoccupied by her own career. Very often, "cooking and fucking", just like any cities in China, are too remote to her.

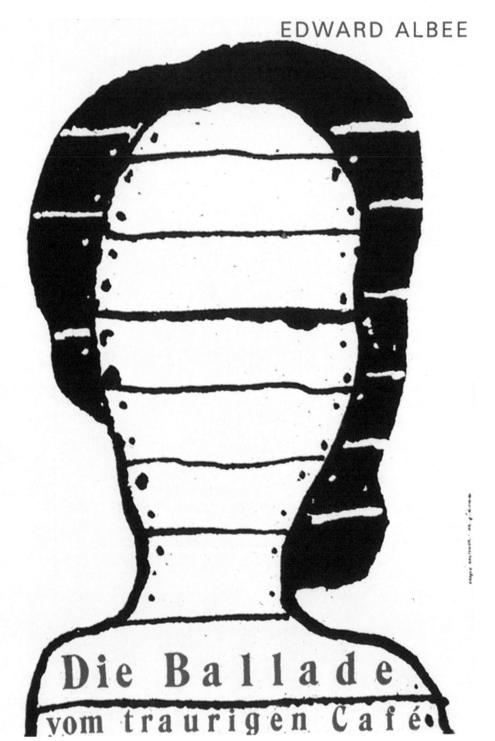

EDWARD ALBEE

Zwischen dem Chinesischen und dem Westlichen – Ein Plakatdialog zwischen Kan Tai-keung und Erhard Grüttner

DDR - Erstaufführung Bühnen der Stadt Magdeburg Maxim Gorki

伤心咖啡馆之歌 / 阿尔贝（美国戏剧家）

家庭故事如一场恶梦，描术沟通的不可能，灭示的区发自己了负成每个人的孤独。

Die Ballade vom traurigen Café

1982年

Die Ballade von traurigen Cafe / Edward Albee (Amerikanischer Dramatiker)

Eine Familiengeschichte als Alptraum. Die Unmöglichkeit des Kommunizierens. Zu der Vereinsamung entwickelt sich aktive Boshaftigkeit.

The Ballad of the Sad Café / Edward Albee (American dramatist)

A nightmarish family history. The impossibility of communication. Active malice results in isolation.

跨越中西——靳埭强与格吕特纳的海报对话

大女人・四城記之一

SUPER WOMAN
A TALE OF FOUR CITIES

WORKING

2003年

Superfrau · Geschichten aus vier Städten I: "Huo Jing" (arbeitende Hauptstadt)

Eine fiktionale chinesische Stadt, "Huo Jing", als Motiv, um das Leben der heutigen Frauen darzustellen : bei der Arbeit.

Super Woman - Working

With the theme on the fititious city "Working" in China, this work tells about the life of moden women: Working.

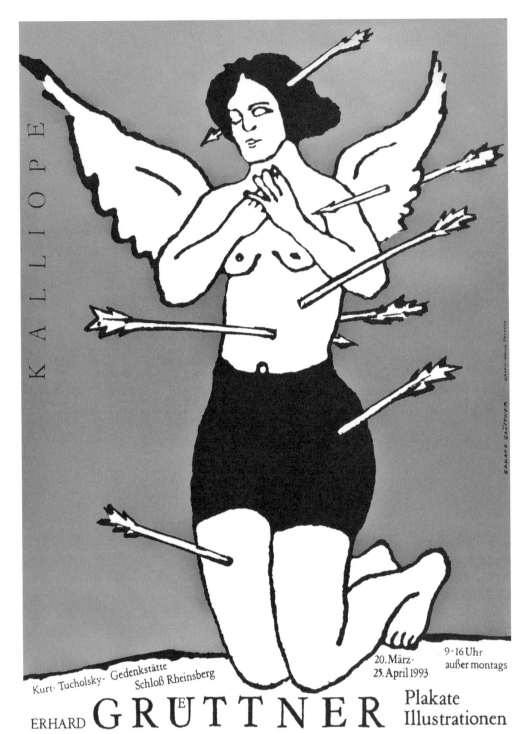

1993年

Erhard Grüttner – Plakate / Illustrationen

Personalausstellung im Schlotß Rheinsberg (Land Brandenburg)

Erhard Grüttner – Posters / Illustrations

Solo Exhibition in the Rheinsberg Castle (the state of Brandenburg)

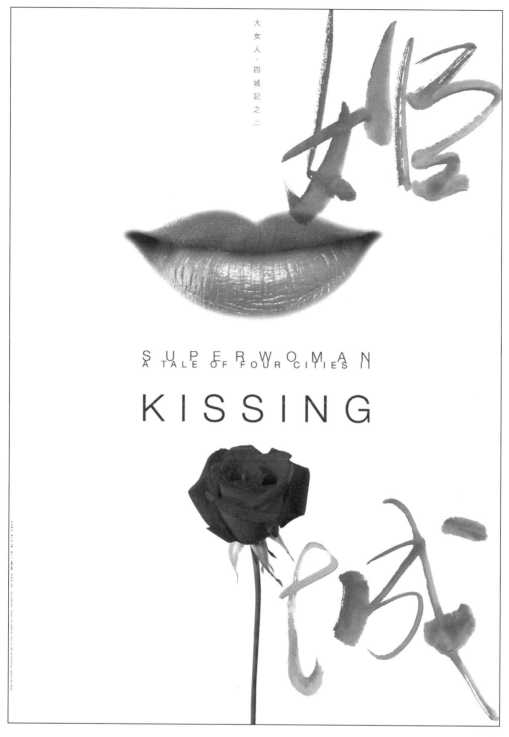

跨越中西——靳埭强与格吕特纳的海报对话

大女人·四城記之二

SUPER WOMAN
A TALE OF FOUR CITIES

KISSING

2003年

Superfrau· Geschichten aus vier Städten II: "Ji Cheng" (Frauenstadt)Superfrau- beim Küssen

Eine fiktionale chinesische Stadt, "Ji Cheng", als Motiv, um das Leben der heutigen Frauen darzustellen : Liebe.

Super Woman - Kissing

With the theme on the fititious city "Kissing" in China, this work tells about the life of modern women: Love.

菲艾尼雅／科寇杨尼斯／希腊电影

根据欧里庇德斯的悲剧而作，为了与特洛伊一战，必须牺牲一名少女（对一个人的烙印）。

1980年

Iphigenie / Ein griechischer Film von Michael Cacoyannis

Ein Tragödie nach Euripides. Ein junges Mädchen soll geopfert werden, um Krieg gegen Traja führen zu können. (Stigmatisierung einer Person)

Iphigenia / A Greek film by Michael Cacoyannis

A tragedy adapted from Euripides. A young girl is to be sacrificed in order to wage war against Troy. (Stigmatization of a person)

跨越中西——靳埭强与格吕特纳的海报对话

大女人·四城記之三

SUPER WOMAN
A TALE OF FOUR CITIES IN

FUCKING

2003年

Superfrau · Geschichten aus vier Städten III: "Fei Jing" (Siedende Hauptstadt) Superfrau– beim Ficken

Eine fiktionale chinesische Stadt, "Fei Jing", als Motiv, um das Leben der heutigen Frauen darzustellen : Liebe machen.

Super Woman - Fucking

With the theme on the fititious city "Fucking" in China, this work tells about the life of modern women: Fucking.

西奴亚 / 葛儿门

巨大的工地却没有足够建材，一部与之有关的不寻常的爱情现代讽刺剧。

1988年

Sinulja / Alexander Gelman (Russischer Dmmatiker)

Eine Gegenwartssatire über knappe Baustoffe für Großbaustellen und eine damit verbundene ungewöhnliche Liebesgeschichte.

Sinulja / Alexander Gelman (Russian dramatist)

A contemporary satire about scarce building material for large construction sites and an unusual love story connected to it.

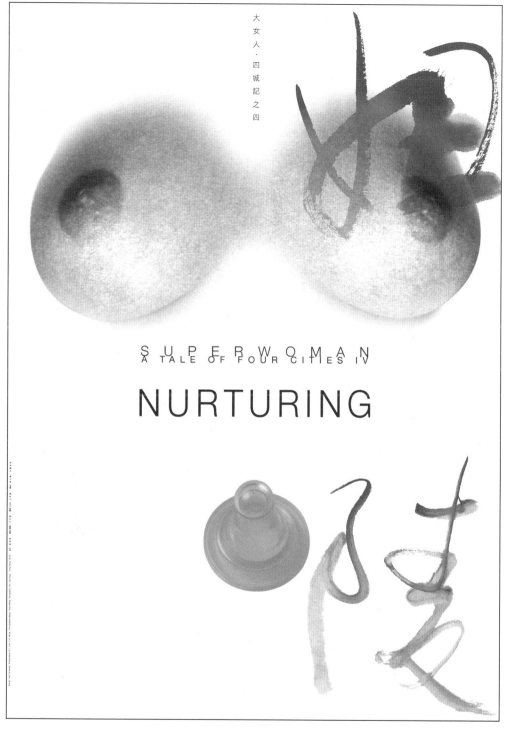

跨越中西——靳埭强与格吕特纳的海报对话

大女人·四城记之四

S U P E R W O M A N
A TALE OF FOUR CITIES IV

NURTURING

2003年

Superfrau· Geschichten aus vier Städten IV: "Niu Ling"(kleines Mädchen, Hügelstadt) Superfrau – beim Stillen

Eine fiktionale chinesische Stadt, "Niu Ling", als Motiv, um das Leben der heutigen Frauen darzustellen : Stillen.

Super Woman - Nurturing

With the theme on the fititious city "Nuturing" in China, this work tells about the life of modern women: Nurturing.

木念珠／C.&E. 佩泰尔斯基／波兰电影

波兰天主教的教育故事（荆棘冠象征耶稣的受难史）。

1966年

Der hölzerne Rosenkranz / Ein polnischer Film von C & E Petelski

Die Geschichte einer katholischen Erziehung in Polen. (Die Dornenkrone ist das Symbol einer christlichen Leidensgeschichte.)

The Wooden Rosary / A Polish film by C.& E Petelski

The story of a Catholic upbringing in Poland.(The rosary is a symbol of the Christian story of suffering.)

应德国海报美术馆邀请而创作。我以儿童玩具木铃为中心，加入墨线绘成两只具音符意象的蝴蝶翅膀，表现充满童真的旋律感觉。

儿童是世界的旋律

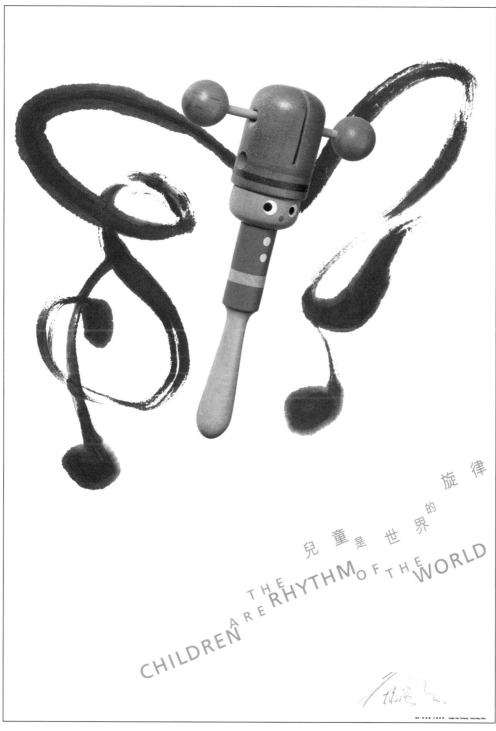

兒 童 是 世 界 的 旋 律

THE CHILDREN ARE RHYTHM OF THE WORLD

2001年

Kinder sind der Rhythmus der Welt

Das ist ein auf Einladung des deutschen Plakatmuseums gefertigtes Plakat. Ein Kinderspielzeug, die Holzglocke, steht in der Mitte. Die hinzugefügtenTuschlinien bilden die zwei Schmetterlingsflügel mit den Noten ab. Daraus entsteht ein Rhythmus voller Kindlichkeit.

Children are the Rhythm of the World

A work by invitation of German Poster Museum, the theme of children's natural sense of rhythm is depicted by a toy instrument with musical notes in the imagery of butterfly wings.

落入歧途先生／罗伯／法国

关于一名外遇父亲的戏剧。

REGIE:
YVES
ROBERT

Ein
französisches
Filmlustspiel
in Farbe
Buch:
Jean-Loup
Dabadie
Yves
Robert
Mit
Jean
Rochefort
Anny
Duperey
Danielle
Delorme u.a.

Monsieur auf Abwegen

1978年

Monsieur auf Abwegen / Ein französischer Film von Yves Robert

Filmlustspiel über das Fremdgehen eines Familienvaters.

An Elephant Can Be Extremely Deceptive / A French film by Yves Robert

Film comedy about the infidelities of a father.

Nouveau salon des cent
exposition internationale
daffiches
hommage à
Toulouse-Lautrec

Toulouse
Kan Tai-keung
Hong Kong. Chine

2002年

Homage an Toulouse-Lautrec

Der Meister gestaltete oft Plakate mit demTanz "Can Can". Die Tuschlinien symbolisieren die Vorhänge und die Röcke. Dazu kommen die Beine der Tänzerinnen, die den ersten Buchstabe meines Familienamens "K" bilden. Das ist eine Homage an Toulouse-Lautrec.

Homage to Toulouse-Lautrec

The great master often designed cancan posters. To pay homage to him, I made a letter "K", the first letter of my surname, by using ink lines that symbolizing the curtain and the skirt and kicking of the dancer.

奥赛罗／莎士比亚（英国戏剧家）

奥赛罗（或尼斯的统帅）与妻子迪斯蒂梦娜因致命的嫉妒心而造成悲剧。

1990年

Othello / William Shakespeare (Englischer Dramatiker)

Tödliches Eifersuchtsdrama des Mohren Othello (Venetianischer Feldherr) und seiner Frau Desdemona.

Othello / William Shakespeare (English dramatist)

A play about the fatal consequence of jealousy surrounding the Moor Othello (Venetian commander) and his wife Desdemona.

跨越中西——靳埭强与格吕特纳的海报对话

2001年

Hana Haru Festa(Junge)

Das Bild eines Jungen im lokalen Scherenschnittstil zeigt die Freude eines Festes.

Hana Haru Festa (Boy)

Folk paper cutting of a boy figure brings forth the festive joy.

MAXIM GORKI THEATER

1979年

Geld für Maria / Valentin Rasputin (Russischer Autor))

Eine Verkäuferin wird irrtümlich des Diebstahls bezichtigt.

Money for Maria / Valentin Rasputin (Russian author)

A saleswoman is wrongly accused of theft.

跨越中西——靳埭强与格吕特纳的海报对话

2001年

Hana Haru Festa (Mädchen)

Das Bild eines Mädchen im lokalen Scherenschnittstil zeigt die Freude eines Festes.

Hana Haru Festa (Girl)

Folk paper cutting of a girl figure brings forth the festive joy.

莫扎特传／夏弗尔（英国戏剧家）

莫扎特和萨里耶利一生的竞争故事。

1988年

Amadeus / Peter Shaffer (Englischer Dramatiker)

Die rivalisierenden Lebensgeschichten von Wolfgang Amadeus Mozart und Antonio Salieri.

Amadeus / Peter Shaffer (English dramatist)

The rivalries between Wolfgang Amadeus Mozart and Antonio Salieri.

跨越中西——靳埭强与格吕特纳的海报对话

2005年

AGI in Berlin

Die AGI Jahresversammlung fand in Berlin statt. Ich, als Mitglied aus China, gestaltete einen kleinen Berliner Bären, der einen Ball zum Rollen bringt, in der Art des Scherenschnittes.

AGI at Berlin

When AGI was held in Berlin, I , as China's representative, made a paper-cut depicting Knut playing bowling.

人民的敌人／易卜生（挪威剧作家）

这出戏对赖惰、懦弱和虚伪的中产者进行了攻击。结论是：世界上最坚强的人，是最孤独的人。

1992年

Ein Volksfeind / Henrik Ibsen (Norwegischer Dramatiker)

Das Schauspiel ist eine Attacke auf die träge, feige und verlogene Bürgerwelt.Die Schlußfolgerung des Dramatickers: "Der stärkste Mann der Welt, das ist der, der am meisten allein steht."

An Enemy of the People / Henrik Ibsen (Norwegian dramatist)

The play is an attack on the lethargic, cowardly and hypocritical bourgeois world. The dramatist's conclusion: "The strongest man in the world is the one who stands alone the most."

跨越中西——靳埭强与格吕特纳的海报对话

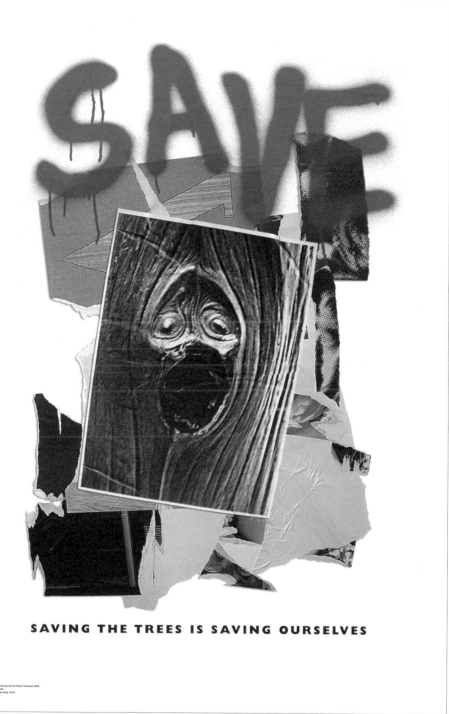

SAVING THE TREES IS SAVING OURSELVES

2005年

Rettung

Ich habe einen Schrei aus einem Baumstumpf heraus fotografiert. Das Foto wird für ein Plakat benutzt , indem die Natur nach Hilfe ruft.

Save

Mother Nature is crying for help.

1986年

Der Sturmgeselle Sokrates / Herman Sudermann (Deutscher Dramatiker)

Drama zum Niedergang der Deutschen Sozialdemokratie.

Der Sturmgeselle Sokrates / Herman Sudermann (German dramatist)

A play about the decline of Germany's social democracy.

悼念托马滋斯基

波兰海报大师托氏以手绘简练插图表现创意，我以他的遗作《人生之路》的片段加绘托氏升天堂的水墨插图，祝愿大师得永生。

2006年

Henryk Tomaszewski zu Ehren

Der polnische Plakatmeister Tomaszewski hat seine Kreativität mit der von Hand gemalten einfach Illustrationen gezeigt. Ich zitierte einen Ausschnitt seines Werkes "Der Lebensweg" und malte zusätzlich eine Himmelfahrtsszene von Tomaszewski, um ihm das ewige Leben zu wünschen.

Tribute to Henryk-Tomaszewski

Henryk-Tomaszewski, the great Polish master, could enrich his posters by the simplicity of hand-painted illustrations. I paid tribute to him by an adaptation of two of his materpieces.

12. AUGUST - 24. SEPTEMBER 1989

VERANSTALTER: RAT DES BEZIRKES POTSDAM
VERBAND BILDENDER KÜNSTLER DER DDR · BEZIRK POTSDAM

BILDENDE KUNST · ANGEWANDTE KUNST

KULTURHAUS „HANS MARCHWITZA' · STAUDENHOFGALERIE
EDUARD CLAUDIUS KLUB · PAVILLON AUF DER FREUNDSCHAFTSINSEL · HILLER-BRANDTSCHE-HÄUSER

KUNSTAUSSTELLUNG DES BEZIRKES POTSDAM

1989年

Kunstausstellung des VBK / Bezirk Potsdam

Ausstellungsplakat für alle künstlerischen Gattungen.

Art exhibition of the Association of Fine Artists / Potsdam District

Exhibition poster for all artistic categories.

跨越中西——靳埭强与格吕特纳的海报对话

奥运是创造新标准的竞赛，我选用尺与水墨动态表现北京奥运的人文精神，丝带韵律操的形象隐现『京』字和『B』字的联想。

2006年

Olympiade Peking 2008, Olympische Spiele

Die Olympiade ist ein Wettkampf, bei dem neue Maßstäbe hervorgebracht werden. Ich wählte deswegen das Lineal und die Tusche, die eine dynamische Bewegung hervorruft, als Motiv aus, um den humanistischen Geist der Olympiade darzustellen. In der Gestaltung der Seidenbänder der Gymnastik tauchen unklar das Wort "Jing" und der Buchstabe "B" auf.

Beijing 2008 Olympic Games

The Olympic Games is a contest for breaking records. I chose to use a ruler and water-ink to make a dynamic expression of the humanistic spirit of Beijing Olympics. The rhythmic gymnastics with a ribbon has a vivid association with the Chinese character "京" (the capital) and the letter "B", both standing for "Beijing".

Die Vögel und der Test*

Nicht Donner hielt sie auf, Taifun nicht, auch
Zwang sie von nun an ihren Flug zu ändern.
Kein Netz, wenn sie was rief zu großen Flügen,
Da suchten sie nach sanfteren Ländern.
Strebend nach gleichem Ziel, ein schreiender Rauch,
Von den Savannen übers Tropenmeer   Laßt diese Änderung euer Herz erschüttern ...
Auf gleicher Bahn und stets in gleichen Zügen
Trieb sie des Leibes Notdurft mit den Winden,
Die nicht vor Wasser zagten noch Gewittern
Wie taub und blind, von weit- und altersher,
Sahn eines Tags im hohen Mittagslicht
Um Nahrung und um ein Geäst zu finden.
Ein höhres Licht. Das schreckliche Gesicht

Stephan Hermlin

* Zeitungen meldeten, daß unter den Einfluß der Wasserstoffbombenversuche
die Zugvögel über der Südsee ihre herkömmlichen Routen ändern.

2006年

Die Vögel und der Test

Lyrikplakat zu politischen Fehlentscheidungen (Atombombentests), (Aufbau-Verlag Berlin)

The Birds and the Test

Lyrical poster on wrong political decisions (atom bomb tests), (Aufbau-Verlag Berlin)

跨越中西——靳埭强与格吕特纳的海报对话

2006年

Olympiade Peking 2008, Olympische Spiele

Das Lineal stellt ein Springbrett dar, und die Tuschelinien und Tuschepunkte charakterisieren die schönen Bewegungen des Spitzenwasserspringers.

Beijing 2008 Olympic Games

The graceful movements of a diver is depicted by the dots and lines of water-ink where the diving board is signified by a ruler.

卡门／邵拉／西班牙电影

欢舞《卡门》的舞蹈版，葛德斯做舞蹈设计。

1986年

Carmen / Ein spanischer Film von Carlos Saura

Eine getanzte Version der Oper "Carmen" in Tier Choreografie von Antonio Gades.

Carmen / A Spanish film by Carlos Saura

A danced version of the opera "Carmen" with choreography by Antonio Gades.

二〇〇八年北京奥运

以尺为杠杆，水墨数笔表现出举重健儿的力量。

2006年

Olympiade Peking 2008, Olympische Spiele

Das Lineal stellt die Stange dar, und die mehreren Tuschestriche stehen für die Kraft des Spitzengewichtheber .

Beijing 2008 Olympic Games

The power of a weight lifter is depicted by just a few strokes of water-ink where the steel bar of a barbell is signified by a ruler.

1985年

Die Erbschaft / Ein sowjetischer Film van Georgi Natansson

Eine Familiengeschichte in der russischen Armee.

The Inheritance / A Soviet film by Georgi Natansson

A family history in the Russian army.

跨越中西——靳埭强与格吕特纳的海报对话

2006年

Olympiade Peking 2008, Olympische Spiele

Das Lineal stellt die Hürde dar, und die wenigen Tuschestriche bilden den energischen Ausdruck des Spitzensportlers ab, der die Hürde überschreitet.

Beijing 2008 Olympic Games

The momentum of a hurdling runner is depicted by just a few strokes of water-ink where the hurdle is signified by a ruler.

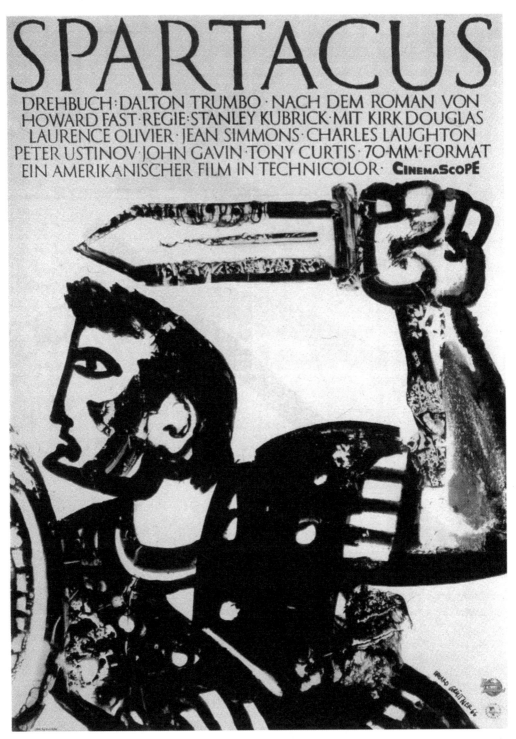

1966年

Spartacus / Ein amerikanischer Film von Stanley Kubrick

Kirk Douglas spielt den Anführer im Spartacusaufstand (Altes Römisches Reich, 73 vor der Zeitrechnung).

Spartacus / An American film by Stanley Kubrick

Kirk Douglas plays the leader in the Spartacus uprising (ancient Roman Empire, 73 B.C.).

跨越中西——靳埭强与格吕特纳的海报对话

2006年

Olympiade Peking 2008, Olympische Spiele

Das Lineal gibt einen Pfeil wieder, und die Tuschestriche charakterisieren die Gesetztheit des Schützens.

Beijing 2008 Olympic Games

The steadiness of an archer is depicted by strokes of water-ink where the arrow is signified by a ruler.

1981年

Mädchenjahre / Ein französisch-Deutscher Filmvon Jeanne Moreau

Eine Biografie

The Adolescent / A French-German film by Jeanne Moreau

A biography

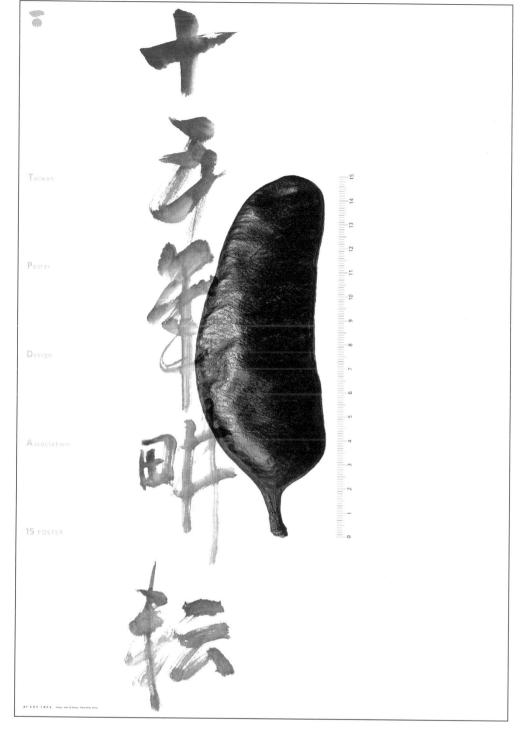

跨越中西——靳埭强与格吕特纳的海报对话

2006年

Verein für Posterdesign Taiwan, 15-jähriges Jubiläum

Was man gesät hat, erntet man auch. Nach fünfzehnjährigem Fleiß erzielen die taiwanesischen Designer ungemeine Erfolge. Ich habe eine Bohne gefunden, deren Form wie Taiwan aussieht. Dies symbolisiert die Ernte des Fleißes der Designer in Taiwan.

Taiwan Poster Design Association 15th Anniversary

Reap as one has sown. Designers in Taiwan can now celebrate a very rich harvest after 15 years' hard work. A bean in the shape of the Taiwan island signifies their good harvest.

Es spielen: Roberto Canedo
Patricia Reyes Spindola
Narciso Busquets u.v.a.

Ein mexikanischer Farbfilm
Regie: Emilio Fernandez

1983年

Mexiko Nord / Ein mexikanischer Film von Emilio Fernandez

Eine Familienfede im Stile eines "Western".

North of Mexico / A Mexican film by Emilio Fernandez

A family feud in the style of a "western".

靳埭强韩国个展

人的身体就是尺度的原本，我张开两手造出我的尺度，让观者用自己的尺度去评赏我的作品。

Foreign

Artist

Invitational

Exhibition

2 0 0 6

Kan Tai-keung

2006.10.27-11.25

2006年

Einladung ausländischer Künstler: Design-Ausstellung Kan Tai-keung

Der Körper eines Menschen ist der eigentliche Maßstab. Ich breitete die beiden Hände aus, liess meinen eigenen Maßstab entstehen und die Betrachter sollen mit ihrem eigenen Maßstab mein Werk einschätzen.

Foreign Artist Invitation: Kan Tai-Keung Design Exhibition

Human body is the primitive measure. My unfolded arms are my measure. The audience may use their own measures to appraise my works.

丽西翠妲 / 阿里斯托芬（希腊喜剧诗人）

丽西翠妲成为对战争厌烦的雅典民众的代言人，发起拒绝性关系以强迫男人退出战场运动。

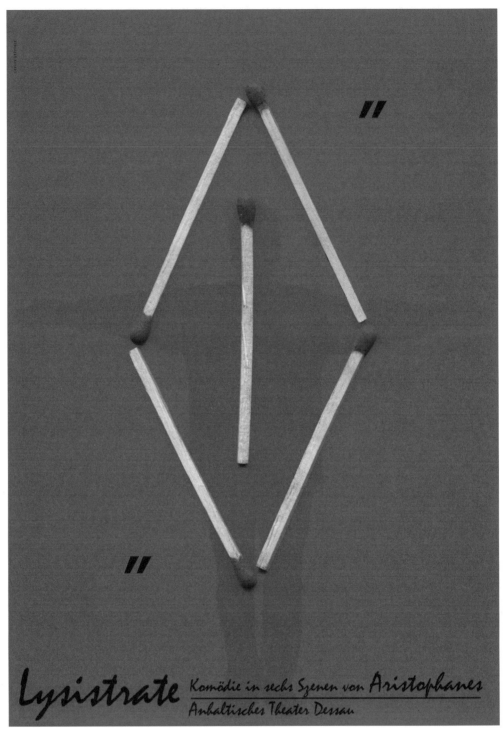

2007年

Lysistrate / Aristophanes (Griechischer Komödiendichter)

Macht sich in der Person Lysistrates zum Sprecher der Friedenssehnsucht der kriegsmüden Massen Athens. Durch die Verweigerung des Beischlafs sollen die Männer zur Aufgabe ihres kriegerischen Tuns gezwungen werden.

Lysistrate / Aristophanes (Greek poet of comedy)

Lysistrate becomes spokesman for the war-weary people of Athens who long for peace. The women want to force the men to give up their belligerent ways by refusing to have intercourse.

香港设计中心大奖

中心每年评选三种奖项，以三把尺子叠成三个「A」字，代表三个奖，也有 A 级——最佳之意。

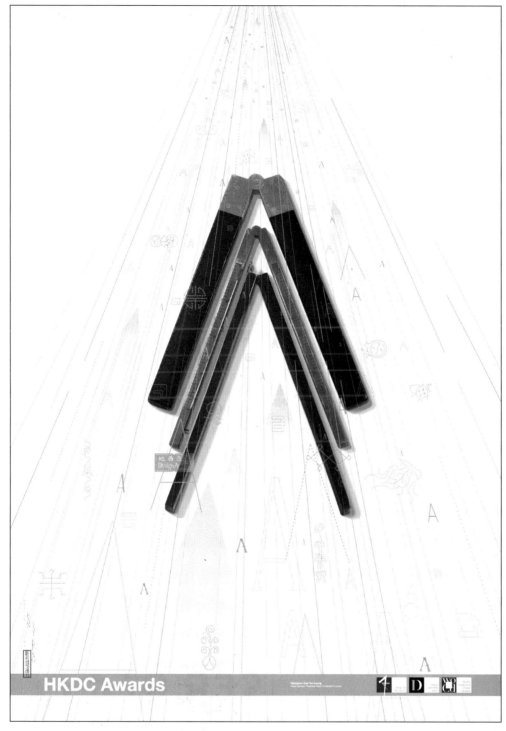

2006年

HKDC Auszeichnungen

Das HKDC vergibt jedes Jahr drei Auszeichnungen. Drei Lineale werden deswegen zu einem Buchstabe "A" zusammengesetzt, was auch die Stufe A, das Beste, bedeutet.

HKDC Awards

HKDC gives out three awards every year. Three letter A's are fomed by three rulers to singify the three awards. "A" can also signify the highest grading.

冲突／鲁梅／美国电影

比刺揭穿了警界与司法界的贪污腐败。

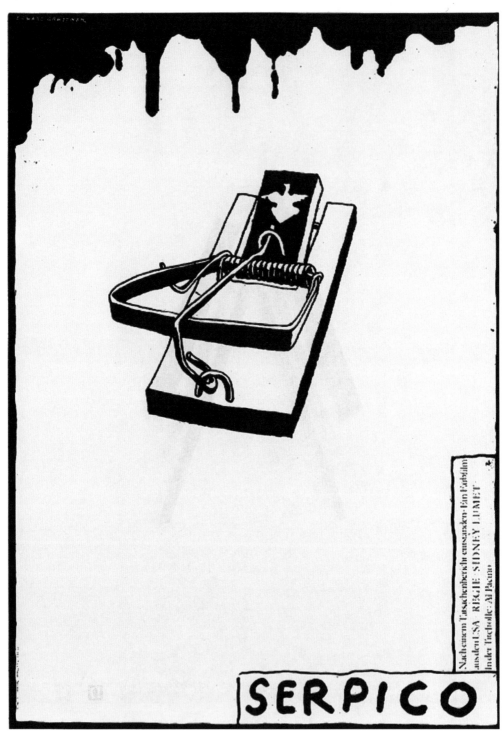

1977年

Serpice / Ein amerikanischer Film von Sidney Lumet In diesem Film werden Korruption bei Polizei und Justiz bloißgestellt.

In diesem Film werden Korruption bei Polizei und Justiz bloißgestellt.

Serpico / An American film by Sidney Lumet

This film exposes corruption among the police and judiciary.

香港设计中心

运用带有公众笔迹绘画的红白蓝布料（此种材料被视为具香港精神），做成一个似「D」字的环保袋，象征香港设计的本土文化内涵。

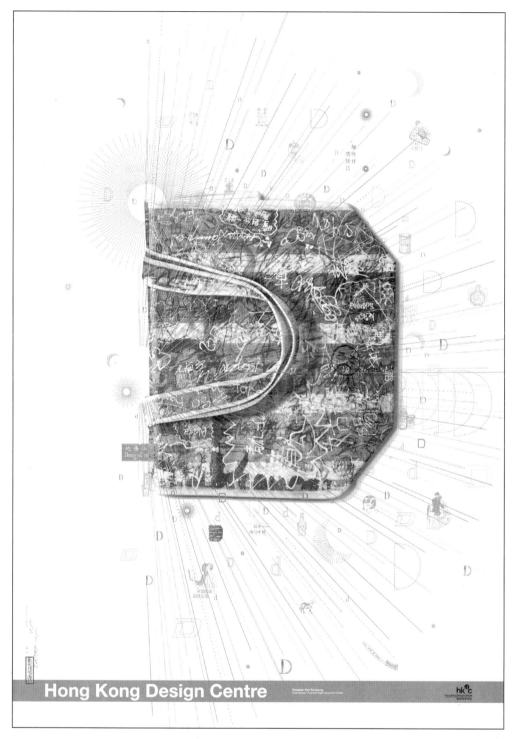

Hong Kong Design Centre

2006年

Zentrum für Design, Hongkong

Ich bearbeitete den roten, weissen und blauen Stoff (das Symbol des Hongkongnesichen Spirits) mit von der Öffentlichkeit getragener handschriftlicher Kollektivmalerei, um eine wie der Buchstabe "D" aussehende Umwelttasche zu schaffen. Diese Tasche drückt die heimatliche Kultur des Hongkong Designs aus.

Hong Kong Design Centre

Fabric with the red, white and blue colors is widely recognized as a representation of the spirit of Hong Kong. A reusable bag in the shape of letter D was made by such fabric on which people had written or drawn something, so as to signify the local culture of Hong Kong design.

1980年

Erhard Grüttner - Plakate / Illustrationen

Personalausstellung im Schlotß Rheinsberg.(Land Brandenburg)

Erhard Grüttner – Posters/Illustrations

Solo Exhibition in the Rheinsberg Castle.(the state of Brandenburg)

2006年

Innozentrum

Das Innocenter ist ein von der Regierung der Sonderzone Hongkong gefördertes industrielles Gebäude, wo kreative industrielle Firmen einziehen können und u.a. Ausstellungsräume und Werkstätte vorhanden sind. Das Plakat stellt sein Thema mit dem Bild des Buchrückens eines allumfassenden Kalenders dar.

Innocentre

As an effort by the HKSAR Government to promote the creative industry, Innocentre, wtih facilities like exhibition hall, studios, etc. therein, was erected for intake by companies of the sector. The poster has an imagery of the spine of a Chinese Almanac to connote the idea of all inclusive.

2001年

睡着者

对『九・一一事件』和恐怖主义地下组织的反映。

Sleepers (Schläfer)

Eine Reaktion auf den 11. September und seinen terroristischen Untergrund.

Sleepers

A reaction to September 11 and its terrorist background.

跨越中西——靳埭强与格吕特纳的海报对话

COLORFUL**CITY**

2005年

Daegu Bunte Stadt

In der Mitte sind die bunten Punkte und Tuschenpunkte des Image—Designs der Stadt Daegu, die hinzugefügten kleinen bunten Punkte bilden das Wort " 市 " (Stadt) und zeigen die bunten leuchtenden Farben einer Stadt.

Daegu Colourful City

With color and water-ink dots signifying Daegu as the central theme, the addition of tiny colour dots forms the Chinese character " 市 " (city) to depict the illuminations of the city.

灰烬与钻石／瓦伊达／波兰电影

此剧揭示了二战后波兰的政治势力关系（迷宫象征混乱和无目标）。

auf internationalen filmfestivals u.a. in venedig und vancouver ausgezeichnet

asche und diamant

nach dem roman von jerzy andrzejewski · regie: andrzej wajda

ein polnischer film mit zbigniew cybulski ewa krzyzewska waclaw zastrzezynski

1965年

Asche und Diamant

Ein polnischer Film. Ein Film über die politischen Machtverhältnisse nach dem 2. Weltkrieg in Polen.(Das Labyrinth als Symbol der Verwirrung und Ziellosigkeit)

Ashes and Diamonds / A Polish film by Andrzej Wajda

A film about the political power structure after World War II in Poland. (The labyrinth as a symbol of confusion and lack of purpose)

上海

跨越中西——靳埭强与格吕特纳的海报对话

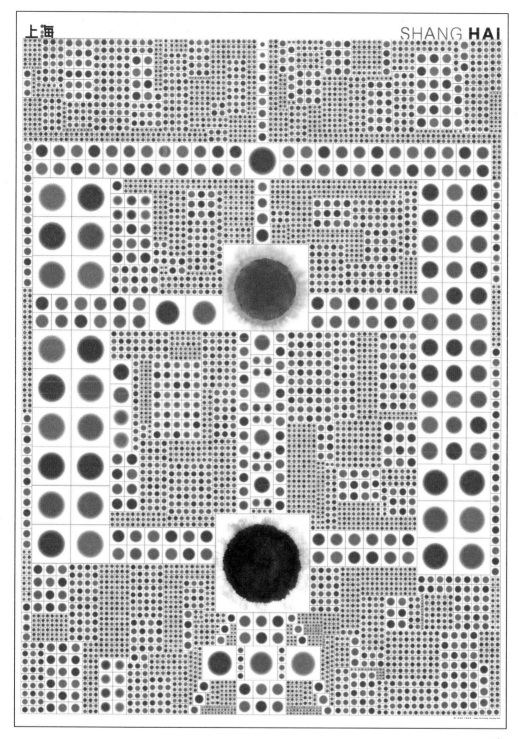

上海

SHANG HAI

2003年

Shanghai

Gorße und kleine bunte Punkten stellen den Glanz einer Metropole dar. In diesem Bild zeigt sich das Wort " 申 " (Sheng), das die Abkürzung von Shanghai ist, gleichzeitig steht die mittlere Achse dieses Wortes für den Turm „Perle des Orients".

Shanghai

An expression of city glamour by large and small color dots, the Chinese character " 申 " (i.e. another name for Shanghai) signifies the city's landmark with Shanghai Oriental Broadcasting Tower on the axial line.

http ://www. 未来的设计

木马病毒与『特洛伊木马』的主题（数字化招来的祸害礼物，如同被像素化）意义是相同的。它刚开始代表的是被期待的事物，但不久就证实，其实它是有问题的，甚至会带来灾难。以此讨论个人对美术设计的贡献，和世界上多元文化中独特的美术设计实践的消失。这是这张海报的立意点。全球化的数字联结对美术设计是祝福也是诅咒。快速的国际间『创造性地』抓资料，很可能迟早会消除有意思的个人和文化间的差异。

2007 年

http://www.future of design

Das Motiv des "Trojanischen Pferdes" (als digitales Danaergeschenk sichtbar gepixelt) ist ein Synonym. Es steht für ein Geschenk, das für den Empfänger zunächst etwas Erwünschtes darstellt, sich dann aber als fragwürdig oder gar unheilvoll erweist. Der gedankliche Ansatz beschäftigt sich mit der Sorge um den Velust der individuellen Ansätze beim Grafikdesign und der spezifischen individuellen grafischen Umsetzungen innerhalb der vielfältigen Kulturen dieser Welt. Die globale digitale Vernetzung ist gleichzeitig zum Segen und zum Fluch für unser Arbeitsgebiet geworden. Der schnelle internationale "kreative" Zugriff niviliert leider, über kurz oder lang, die interessanten individuellen und kulturellen Unterschiede.

http://www.future of design

The motif of the "Trojan horse" (as digital two-edged gift visibly pixelled) is a synonym. It stands for a gift that represents something desirable to the recipient at first, but then turns out to be dubious or even disastrous. The starting point is the concern about the loss of individual approaches in graphic design and specific individual graphic practices within the diverse cultures of this world. The global digital network has become a blessing and a curse for our field of work at the same time. The quick international "creative" access will unfortunately level off the interesting individual and cultural differences sooner or later.

昨日的设计·飞马

我以马踏飞燕（汉代的工艺品）表现中国传统设计的优美。

2007 年

今天的设计·条形码

我以条形码拼入马的图形，表现当代设计的商业化。

2007 年

Design von Gestern,Fliegendes Pferd

Ich arbeitete mit "Fliegendes Pferd tretende Schwalbe" (eine Handwerkkunst vonHang-Zeit), um die Anmutigkeit des traditionelle chinesischen Designs zu zeigen.

Design von Heute,Strichcode

Ich kombiniert ein Bild vom Pferd mit einem Strichcode, um die Kommerzialisierung des modernen Designs zu zeigen.

Design of Yesterday,Galloping Horse

"A Galloping Horse Stepping on a Swallow" (i.e. an antique bronze statue of the Han Dynasty , 206 B.C. - 219 A.D.) was modeled to display the beauty of traditional Chinese design.

Design of Today,Bar Code

Barcodes were made into a horse figure to display commercialization of contemporary design.

光从东方来！？

这句引言不是学术性的改写，而是西方对东方之创造力的同义词，是对我们如何对待与保存所有生活空间提出质疑。出现的日蚀之象征（光的损失就是生命的损失）是个唤不回来的警告（日蚀差五分十二点）。

Zwischen dem Chinesischen und dem Westlichen – Ein Plakatdialog zwischen Kan Tai-keung und Erhard Grüttner

DIALOG 2007 · ERHARD GRÜTTNER · KAN TAI-KEUNG (HONGKONG)

ex oriente lux !?

2007年

ex oriente lux!?

Dieses Zitat ist keine wissenschaftliche Paraphrase, sondern ein abendländisches Synonym für die Gestaltungskraft des Ostens. Es ist eine Infragestellung zu Umgang und Erhalt unserer aller Lebensräume. Das Symbol der eintretenden Sonnenfinstemis (-Verlust des Lichtes - also des Lebens) ist eine unwiderrufliche Mahnung ("Es ist 5 Minuten vor 12 Uhr").

ex oriente lux!?

This quote is not a academic paraphrase, but an Occidental synonym for the creative power of the East. It is a questioning of the way we treat and preserve all our living spaces. The symbol of the occurrence of solar eclipse (=loss of light, and hence of life) is an irrevocable warning ("It is five minutes before twelve").

跨越中西——靳埭强与格吕特纳的海报对话

地 球 起 烽 煙

2007年

Das Kriegsfeuer auf der Erde

Die Darstellung von Kriegsfeuer überall auf der Erde erzählt von den Katastrophen, die durch die stetigen Kriege verursacht werden und den Menschen konfrontieren.

The War Fire in the Earth

Using the world on war to tell about how mankind has been suffered from incessant warfare.

格吕特纳海报
Plakate von Erhard Grüttner
Posters by Erhard Grüttner

靳埭强海报

Plakate von Kan Tai-keung

Posters by Kan Tai-keung

从此页开始请由后向前翻阅。
Bitte blättern Sie ab hier von hinten nach vorne.
Starting here please turn the pages from the back.

negative, the contrast between the hard and the soft, random assembly, or logical reasoning, with all elements interacting with each other. In addition, his works can give a sense of sensuality and humor, somewhat concrete, somewhat abstract, somewhat non-concrete, somewhat non-abstract, just like reading a visual poem page by page.

On art creation, both Prof Grüttner and I share the same view. He goes after originality by way of alienation, while I like to seek innovation by way of differentiation. Very often, I advise my students that innovation comes from life, from culture, and from thoughts. In response to students' questions, Prof Grüttner remarked that his inspiration was enriched and enhanced by frequent study of the relationship between modern European community and ancient Greek culture, history and philosophy. Our views are amazingly in common, though we have different cultural backgrounds – one from the East and one from the West. We are indeed living on the same planet Earth, and sharing the same heart for art creation.

Kan Tai-keung
November 2007

A Designer Enthusiastic about Poster Creation

In October 2005, I paid a visit to Anhalt University of Applied Sciences in Germany upon invitation. I toured around the Bauhaus building and gave a speech on "Life and Creation". The visit was most impressive. During my stay at Prof Erhard Grüttner's house, I had the opportunity to appreciate many of his poster works. Such a close interflow deepened our mutual understanding and we found that we had so many similarities. Even though it was the first time we met, we were like old friends. Then, somebody (I forget who) suggested that we should jointly hold an exhibition. Who could refuse such a temptation? After dinner, I promised him that when I returned to Hong Kong, I would explore the possibility of holding a joint tour exhibition in China.

I kept my word. Starting from 2007, a joint tour exhibition was held in Beijing, Nanjing, Hong Kong and Shantou. To mark the occasion, we are planning to publish a theme album on poster works. Prof Grüttner is most kind to give a brief review of my works. In return, I would like to write something about his poster creation, as a dialogue with the great master apart from our poster dialogue.

As a true enthusiast for poster creation, Prof Grüttner shows deep passion in his works and life. He has given a speech on "The Poster is dead, Long Live the Poster!", by which he demonstrated his great concern about the prospect of the poster. His deep passion was translated into stinging rebuke. On reflection, he fathomed out the latent disadvantage to the development of poster creation, pointing out to the youth that in a short-sighted commercial world, the death of originality could lead to the death of the poster. Boiling down from his own experience, he came up with a clear statement emphasizing a correct attitude, an analysis setting out the essential elements for poster design, and an encouragement to the youth that they should put their heart on the art. "Long Live the Poster" is not an empty cry, but rather, it is a sincere wish from the bottom of his heart.

Each of Prof Grüttner's poster was created by him personally, a vivid demonstration of hands and mind becoming one. His craftsmanship was not always good. Sometimes, it could be clumsy, or even disordered. Nevertheless, his works are but a natural and precise display of his very concept.

Prof Grüttner's creation is multi-dimensional and his approach is also diversified. He is good at immersing deep passion in the rationality of visual language. Or, on the reverse, sensual imagery is condensed by rational cool-mindedness. It seems that the forces of Yin and Yang are impeccably coordinated in him. Likewise, his posters are products of the very coordination of rationality and sensuality by a great variety of means, such as the mutual complement of the positive and the

umgekehrt, mit der rationalen Gelassenheit das sensetive Bild zu bilden. Es scheint, dass er die Energie in sich hat, die Yin und Yang ineinander verschmelzen lässt. Sein Plakat ist das Ergebniss des Zusammenwirkens von Sinn und Sinnlichkeit mit unerschöpflischen koodinierenden Ausdrucksmitteln: positive und negative Formen ergänzen sich, weiche und harte stellen sich gegenüber, leere und feste, echte und falsche, Schönheit und Hässlichkeit, Technik und Handwerk, Menschen und Tiere, Handschrift und Symbol, zufällig zusammenarbeitend oder dialektisch denkend, zusammenexitierend und interaktiv. Sein Werk verrät Empfindlichkeit und Humor, es ist mal figurativ, mal abstrakt, mal nicht figurativ, mal nicht abstrakt, wie ein visuelles Gedicht, ein Blatt nach einem anderen.

In dem Schaffensweg haben Professor Grüttner und ich die selbe Behauptung. Er strebt nach Originalität mit kreativen Verfremdungsmitteln und ich strebe oft nach dem Anders-Sein, das der Weg zum Neuen ist. Ich sage meinen Studenten oft, dass kreative Ideen aus dem Leben, aus der Kultur und aus dem Gedanken kommen. Er beantwortet die Fragen seiner Studenten wie folgt: sie sollen sich oft mit der Antike, der Geschichte, der Philosophie und dem modernen europäischen sozialen Zusammenhängen auseinandersetzen, um die eigene kreative Inspiration zu bereichern. Das Schicksal hat uns von Westen und Osten zusammengeführt, gleiches Herz, Unterschied suchend, auf dem selben Planet, von einer Quelle des Herzens erleuchtet.

Kan Tai-keung
Im November 2007

Ein Graphik Designer, der leidenschaftlich
das Plakat liebt

Im Oktober 2005 wurde ich von der Hochschule Anhalt (FH) - Hochschule f[ü]
Angewandte Wissenschaften eingeladen. Ich habe dort die Bauhausgebäud[e]
besichtigt und einen Vortrag mit dem Titel "Leben ·Quelle des Herzens" gehalte[n]
diese Reise war unvergesslich. Ich war noch bei Professor Erhard Grüttne[r]
zu Gast und bewunderte viele von ihm kreierte Plakate. In so einem intime[n]
Austausch schätzten wir uns gegenseitig und bemerkten von selbst, dass wir nich[t]
wenige gemeisame Einstellungen, Ideen und Interessen haben. Man kann s[o]
sagen, dass wir uns bei der ersten Begegnung schon wie alte Bekannte fühlte[n]
Ich kann mich nicht mehr genau daran erinnern, wer von uns zuerst die gute Ide[e]
der gemeinsame Ausstellung vorgeschlagen hat. Nach dem Abendmahl hab[e]
ich ihm versprochen, dass wenn ich wieder in Hongkong bin, ich recherchiere[n]
werde, ob eine Wanderausstellung in verschiedenen Städten in China möglich se[i]

Er war erfreut, dass die Ausstellungen ab 2007 in Peijing, Nanjing, Hongkong an[d]
Shantou stattfinden. Zur Ausstellung werden wir einen Plakatband herausgebe[n]
Professor Grüttner hat eine Rezession über meine Werke geschrieben, und ic[h]
möchte auch einen Kommentar zu seiner Plakatkunst verfassen; damit entste[ht]
ein Dialog ausserhalb des Dialogs zwischen unseren Plakaten.

Professor Grüttner liebt das Plakat zutiefst. Man sieht diese Liebe nicht nur i[n]
seinem Werk sondern auch in seinen Worten und Taten. Er hat einmal den Vortra[g]
"Das Plakat ist tot, es lebe das Plakat!" gehalten, in welchem er seine Sorge un[d]
das Leben und den Tod des Plakates zum Ausdruck brachte. Weil man es so tie[f]
liebt, tadelt man es eben so dringlich. Er reflektierte und dachte über die geheim[e]
Sorge des Plakates nach. Er zeigte den jungen Studenten, dass in einem Umfeld
in dem nur kurzsichtige Erfolge und Kommerz zählen, das Bewußtsein de[r]
Originalität vom Plakat fehlt, dies alles kann das Plakat zu Ende bringen. Er stellt[e]
es noch klarer dar, in der kreativen Schaffung, dort brachte er die korrekte Haltun[g]
bei der Plakatgestaltung hervor, analysierte die Schwerpunkte des Plakates un[d]
munterte die Jugend ernsthaft auf zu gestalten. "Es lebe das Plakat!" ist kein[e]
leere Parole, er wünschte es sich herzlich.

Professor Grüttner macht jedes Plakat selbst, realisiert seine Idee mit eigene[r]
Hand, hat das "Eins-Sein von Herz und Hand" erreicht. Sein handwerkliche[n]
Technik ist nicht unbedingt fein, manchmal kann man sagen, sie ist mit kindliche[r]
Naivität versehen, oder sogar gebrochen chaotisch, aber sie ist immer offenherzi[g]
und natürlich, um die Kernideen präzise darzustellen.

Die Schaffensideen von Professor Grüttner tragen mehrere Dimensionen i[n]
sich, so sind auch die angewandten Ausdrucksmittel reichlich. Er ist gut i[m]
Hinüberbringen von sensetivem Tiefgefühl zu rationaler visueller Sprache, ode[r]

着感性和幽默，似具象，似抽象，非具象，非抽象，好像一首一首视觉的诗。

在创作道路上，格吕特纳教授与我有共同的主张，他以创意的异化追求原创；我则是常以求异为立新的途径。我常对学生说：创意来自生活，创意来自文化，创意来自思想。他在回答学生提问时说道，他常研究古希腊文化中的历史、哲学以及现代欧洲社会的关系，以丰富自己的创作灵感。我们东西结缘，同心、求异，住在一个地球，得自一个心源。

靳埭强

2007 年 11 月

一个热爱海报的设计师

2005 年 10 月，我应邀访问了安哈特德绍大学，参观了校内的包豪斯学院大楼，向师生发表了《生活·心源》演讲，使我难忘。我还在格吕特纳（Erhard Grüttner）教授家里做客，欣赏了他创作的很多海报。在这样亲近的交流中，我们互相欣赏，自然地察觉到彼此有着不少相近的创作态度、观念和志趣，可以说是一见如故。也记不起是谁提出要举办二人联展的好主意，我在餐后就承诺回香港后探讨在中国不同城市合办巡回展的可能性。

不负所托，自 2007 年开始，展览先后在北京、南京、香港和汕头举办。配合展出，我们将出版海报专集，格吕特纳教授为我的作品写了短评，我也想写一段对他的海报艺术的感言，作为海报对话之外的另一页对话。

格吕特纳教授真是一个深爱海报的人，他在作品中流露着的那份深情也在他的言行中表现无遗。他曾以《海报已死，海报万岁！》为题发表演说，充分表达对海报存亡的关心。由于爱之深而责之切，他从反思中探索海报发展的隐忧，向青年指出在短视功利的商业为先环境里，海报原创意识的沦落，足以使海报消亡。更清晰地表述他从创作中总结出的正确态度，分析海报设计的要点，鼓励青年人认真地设计海报。"海报万岁"并不是空喊的口号，是他诚心的祝愿。

格吕特纳教授的海报每一张都是亲自动手将创意表达出来的，真的做到心手合一。他的手艺并不一定是精巧的，有时候可以说是拙稚的，甚至破乱，但总是率性自然，准确地表达心中的意念。

格吕特纳教授的创作思维是多维度的，所运用的表现手法亦丰富多元。他擅长以感性的深情融合在理性视觉语言之中，又或相反，以理性的冷静凝聚感性意象，在他身上好像存在着可使阴阳两极互融的能量。他的海报就是理性与感性协作的成果，协作手法层出不穷：正负形的互补，硬与软的对比，虚与实，真与伪，美与丑，科技与手工，人类与动物，书写与符号，随机拼合或辩证推理，并存互动。作品常流露

conciseness and full concentration of the means. The need to be pragmatic does not mean making compromises.

As we all know, the poster is short-lived in the fulfilment of its purpose. Just as we throw away the newspaper after we have read it, once the poster has done its job - suggesting a way of behaviour to the person who has seen it, it is ripped up, torn down, plastered over, replaced and forgotten. Today, as sociologists examine the poster's relation to society and semiologists explore the legitimacy of its language, remarkable posters receive additional attention and recognition as a kind of visual haiku. Beyond the period of their presence, selected works are shown and compared at international poster biennials and collected by major museums on all continents – they have become exemplary documents of the time.

Although the poster is short-lived, it can offer something extra that enables it to last. This something extra can be described as aesthetic, that is, as a purely graphic reality that outlives the making of a statement and the corresponding behaviour, a reality that lies beyond meaning and stimulative nature - a perceptible, unexhausted and inexhaustible system, like that of a work of fine art.

Along with graphic design, the medium of poster has increasingly fallen into the hands of the big agencies. Instead of one author, there is now an entire team, and advertising has become an industry. We may regret this when we look at the great creative individual achievements of the past decades, but we cannot change it. Aboveaverage works in this field will only be offered by individualists in future as well. They are the so-called career changers, who have adequate scope and freedom in the conception of their work, and always try to break with stereotyped and well-established design principles and reorganize them.

Erhard Grüttner

One example: one chooses the path of an unspoken text. We are asked to find the text that the depiction corresponds to. We can only read a drawing by reacting to it and formulating its message. Since the poster always wants to say something and knows about this in advance, the text is part of its being, even if it remains unwritten. It is a text-picture, a picture that can be expressed with words, and is therefore more akin to oral and written communication than, for instance, a work of art.

The poster draws attention to something that we should either desire or reject. One attempts to manipulate. Like an artwork, the poster should possess the unique appeal of pictures. But unlike it, the poster must be accepted and read immediately.

Poster design is not an abstract formal art. Its history does not belong to the aesthetic categories. One needs to strive for the right and best possible result with the greatest commitment, as well as respect and engage the message's recipient as the partner of the dialogue. This requires highly creative solutions and strategies such as

1. SIMPLICITY—reduction is not an end in itself, but should be understood as the omission of everything that is superfluous. It is an effective way to attain the essence of the subject through several distillation processes. Simple does not mean banal and artificial. Rather, it should be unambiguous. The idea lies there naked. There can be no more excuses. What it takes is analytical astuteness and courage.

2. ORIGINALITY—in the sense of alienation. It must be able to render the familiar strange and make it appear in a new light. In today's world of excessive stimulations and in which one seems to have seen everything already, this is immensely difficult. One should use small displacements and surprising connections to cut the ground from under the familiar and then repave it again. To do this, the author needs to be detached from the subject to be handled. Faithful copying should be substituted by reflection that allows other hidden, unforeseen aspects of the subject to emerge. This intensifies the surprise and penetrates deeper into the recipient's consciousness.

3. TIMELESS UP—TO—DATENESS—as already mentioned, a clever solution should not follow a fashionable trend or so-called zeitgeist, but should always be seen as up-to-date. Finally, there is also the often required PRAGMATISM – that is, judging thoughts and actions from the point of view of practical use. This is regarded as putting constraints on creativity by many. But strict limitations and demands should be seen not as burden, but as a kind of challenge. The higher the level of difficulty, the more attractive the task is. One cannot afford any excesses, detours or other protractions, but must jump into a subject and achieve a maximum effect with the greatest

Influences from the field of the fine arts should be reflected, since the sum of the experiences derived there in terms of pure experimental work in a forerunner's role has innovative significance for the designer's creative work process.

This influence and the conscious use of this vocabulary are necessary so that the design efforts will not end up sooner or later with soulless manipulation or empty decorative solutions. A healthy relationship between mind and gut is necessary to facilitate a lively communication between designer and recipient. Creative freedom is based not on unlimited means of expression, but on free movement within its strict and legitimate boundary.

What is required is a strong ability of abstraction. The train of thoughts is graphically condensed. But even the most extreme form of pictorial reductions is the result of an analytical examination in terms of a very concrete problem, whereby abstraction follows the findings obtained as logical consequence. Omission is the level on which posters and the telegram meet. A telegram consists of the omission of unnecessary things and laying bare the core of information. But while the telegram is limited to the transmission of clear information, good posters visualize a complex and often ambiguous idea. The picture stimulates the imagination not only through content, but also through the form which is difficult to express with words. One reads and sees one thing, but the meaning is quite another thing.

A highly innovative character and an unmistakable originality of the independent stylistic device, the ability of systematic conceptual thinking, finding an accord between content and form – these are the pre-conditions to achieve highly subtle and exceptional results of a communicative pictorial language.

Simple in form and complex in content – condensed visual messages with the greatest conciseness and vigorous strength, as well as the constant attempt to ensure continuity in clear opposition to all kinds of short-lived and arbitrary postmodern design trends should be the primary concern of the poster designer.

The pictorial ideas should be based on a humane position to the viewer and his demand for an intelligent artistic form of the message conveyed should be considered. The result should not be determined by any personal stereotyped "style". The form must be appropriate to the nature of the subject.

This is a multifaceted field of work to achieve a coherent dialogue.

should reach a complex target audience, with different interests, knowledge and intentions, passers-by that are brought there by chance indiscriminately. The unexpected and unannounced confrontation with a subject that is clearly expressed, intelligible, truthful, stimulating and charming as far as possible, a new way of seeing, a "missing link" that the viewer has to fill in in his mind and thereby almost playfully enters into a dialogue – these are things that guarantee posters their unique place and their unique effect.

To develop ideas for a poster is to go hunting, to lie in wait. It is the long wait, the slow movements in stalking that which is not yet in existence. The ease with which one handles painterly, graphic, photographic and typographic material opens up undreamt-of space for a convincing result.

The diversity of styles, techniques and strategies actually does not allow stereotyped handling or mummify outmoded symbols. The result striven at should at best show unmistakable originality and the ideas should be visualized in an extremely varied and always exciting way.

Whether a poster confronts us as social criticism, advertisement, invitation, warning or challenge, it should come across as sensible and commanding. Succinct here, proliferous there, sloppy or perfect – the ideas must tackle each subject precisely.

Ambiguity, shadiness and equivocalness are required and desired. The constant creative examination of the conditions of our split inner and outside world should be reflected in the solutions found. They should address us metaphorically as well as create a dialogue, since they should pose questions and force us to answer.

The casualness and ease with which even serious problems are tackled prevent what would be schoolmasterish, rigid, all too soon banal and therefore fatal in this seemingly light muse that relies on vitality. Posters must pulsate like their living spaces that also teem with pedestrians. It takes a lot of art (of surprise, fascination and also shock) to stop a fugitive in his haste and sets him thinking.

The poster designer should not be a theoretician or an experimenter, who, like a photographer, takes dozens of pictures in order to pick out the best ones. What is needed is a pragmatist in thought. The choosing takes place in the mind, in the spirit. He should think analytically, dialectically, discursively and laterally. His design experiments should be based on "work and play" and he should focus on the driving forces of "curiosity", "ambition" and "necessity", in order to articulate moral concepts, attitudes, empirical and sentimental values in appropriate forms.

The poster is dead, long live the poster!

Posters are an established medium. They appear in monumental or small format, and are plastered over shop-doors and walls, flank highways, cover excavations and confront everyone. Due to their taken-for-granted presence in public space, posters are embedded in the public consciousness. Neatly posted, or placed in an improvised manner, they are simply overlooked by people, who decide on how posters should be perceived. As a medium that addresses one-sidedly and is not really capable of starting a dialogue, posters impinge on the senses through optical confrontation. Consciously or unconsciously we receive orientations through sensory impulses, which we translate emotionally or rationally, and offer us surprises or facts. We decide in a flash how we want to deal with them. In short, posters do something to us.

This circumstance makes the people concerned time and again curious about how the mechanism of a poster's appeal works. In this respect, one is confronted with the important role of the authors and designers, whose work forms the actual sensory part of the posters' messages. There is a limit to the effect of a poster that cannot be overcome, and the limit lies in the ability to understand and the receptiveness of the addressees, to whom a certain interest group wants to send the message. The logical consequence is once again: to interpret the nature of the task intelligently, precisely, suggestively and vividly. The poster, the so-called king of the classical print media, was an extremely successful and influential means of communication for the better part of the last century, and invited such analytical comments as "An effective poster on the advertising column immortalizes for 24 hours", or "The poster is a surface that leaps to the eye", or "The poster, a child of the day, must wear the look of the day", or the sheer categorical imperative "A poster is a poster, is a poster". Due to various circumstances, it seems to be well on the way to bidding farewell to this position. This is an opinion that we are hearing more and more often. It is not just the numerous trivial works that are offered to us in heaps that contribute to the wearing out of this medium. It is not economic constraints that stand in the way of the appearance of posters, but radical changes in communications design or the diversity of media that enable us today to deliver all sorts of messages to the target audience free of charge in different ways. Even this incomplete list of factors that would greatly limit the recent scope of posters would suggest a negative prognosis for the future. For various reasons, the poster was repeatedly declared dead during the last decades. But despite all prophecy of doom, it will continue to retain its place as a mediator for very different messages, as long as the variable place of movement in public space is preserved, and intelligent solutions are offered, as already mentioned.

A poster always has to assert itself against a host of acoustic and optical impressions in the surroundings. But this is even more so today. It has to fulfil its task by grabbing attention rapidly. It must leap to the eye, and must be able to be taken in effortlessly. It should stand out, it can be aggressive. Almost in the same moment that it addresses us as something alien, it should be "adopted" and

Zusammenhänge, dem Vertrauten den Boden zu entziehen und ihn anschließend neu zu pflastern. Das setzt Distanz des Autors zum behandelnden Thema voraus, keine wortgetreue Nachahmung, sondern eine Reflexion, die andere versteckte, unvorhergesehene Aspekte des Themas hervortreten lassen. Dies steigert die Überraschung, dringt tiefer in das Bewusstsein des Rezipienten.

3. ZEITLOSE AKTUALITÄT–Eine kluge Lösung sollte nicht, wie schon erwähnt, einem modischen Trend, dem sogenannten Zeitgeist aufsitzen, sollte aber jederzeit als zeitgemäß empfunden werden. Und dann ist da letztlich noch der oft geforderte PRAGMATISMUS–d.h. Denken und Handeln vom Standpunkt des praktischen Nutzens aus beurteilt. Er wird von vielen als Einschränkung der Kreativität angesehen. Doch gravierende Einschränkungen und Vorgaben sollten nicht als Belastung, sondern als Herausforderung gesehen werden. Je höher der Schwierigkeitsgrad, desto reizvoller die Aufgabe. Man kann sich keine Ausschweifungen Umwege oder sonstige Längen erlauben, sondern springt aus dem Stand in ein Thema heinein muss in äußerster Kürze und unter völliger Konzentration der Mittel einen maximalen Effekt erzielen. Pragmatisch sein zu müssen bedeutet nicht, Kompromisse zu machen.

Das Plakat ist in seiner Zweckerfüllung bekanntlich kurzlebig. Wie man die Zeitung wegwirft nachdem man sie gelesen hat, so wird das Plakat zerfetzt, abgerissen, überklebt, ersetzt und vergessen, sobald es seine Aufgabe erfüllt hat: demjenigen, der es betrachtet hat, eine Verhaltensweise zu suggerieren. Heute, da die Soziologen das Verhältnis des Plakates zur Gesellschaft und die Semiologen die Gesetzmässigkeiten seiner Sprache untersuchen, erfährt das außergewöhnliche Plakat als visuelles Haiku zusätzliche Aufmerksamkeit und Anerkennung. Über den Zeitraum der Präsenz werden ausgewählte Arbeiten auf Plakatbiennalen international im Vergleich gezeigt und in bedeutenden Museen auf allen Kontinenten gesammelt – sie werden beispielhafte Zeitdokumente.

So kurzlebig das Plakat auch ist, es kann doch einen Überschuss bieten, der ihm erlaubt, seinen Anlass zu überleben. Man kann diesen Überschuss als ästhetisch bezeichnen, d.h., als jene rein anschauliche Realität, die das Erfassen der Aussage und das entsprechende Verhalten überlebt, jene Realität, die jenseits von Sinn und Aufforderungscharakter liegt – ein wahrnehmbares, unerschöpftes und unerschöpfliches System, wie das einer freien künstlerischen Arbeit.

Das Grafik-Design und somit auch das Medium Plakat gerät zunehmend in die Hände der Großagenturen, aus einem Autor wird eine ganze Manschaft, die Werbung wird zur Industrie. Man kann das mit Blick auf die großen schöpferischen Einzelleistungen der vergangenen Jahrzehnte bedauern, ändern kann man es nicht. Überdurchschnittliche Leistungen auf diesem Arbeitsfeld wird es auch in Zukunft nur von Individualisten geben, sogenannte Quereinsteiger, die über genügend Freiraum und Freiheit bei der Konzeption ihrer Arbeit verfügen, die festgefahrene und bewährte Gestaltungsprinzipien immer wieder aufbrechen und neu zu ordnen versuchen.

Erhard Grüttner

Dingen und im Freilegen der Information auf ihren Kern. Aber während sich das Telegramm auf die Weitergabe einer eindeutigen Information beschränkt, visualisieren gute Plakate eine komplexe, oft vieldeutige Idee. Das Bild weckt die Phantasie nicht nur durch den Inhalt, sondern auch durch die Form, die sich überhaupt schwierig in Worten ausdrücken lässt. Man liest und sieht das eine, aber der Sinn ist ein ganz anderer.

Eine hohe innovative Qualität und eine unverwechselbare Originalität der eigenständigen Stilmittel, die Fähigkeit zu systematisch konzeptionellem Denken, das Finden der Kongruenz von Inhalt und Form, sind Voraussetzungen für äußerst subtile und ungewöhnliche Ergebnisse einer kommunikativen Bildsprache.

In der Form einfach, im Inhalt vielschichtig–komprimierte visuelle Botschaften von höchster Prägnanz und vitaler Kraft und der dauernde Versuch der Kontinuität in klarer Gegenposition zu allen kurzlebigen und postmodern-beliebigen Design-Trends sollten das primäre Anliegen des Plakatgestalters sein.

Die Bildideen sollten auf einer humanen Position zum Betrachter basieren und seine Ansprüche an eine intelligente künstlerische Form der jeweiligen Botschaft wollen berücksichtigt sein. Kein persönlich festgefahrener "Stil" sollte das Ergebnis bestimmen, die Gestaltungsmittel müssen dem Wesen des Themas adäquat sein.

Hier ist ein facettenreiches Arbeitsfeld vorhanden, um zu einem stimmigen Dialog zu kommen.

Ein Beispiel: Man wählt den Weg des unausgesprochenen Textes. Wir sind aufgefordert, den Text zu finden, dem die Darstellung entspricht. Wir können die Zeichnung nur lesen, indem wir darauf reagieren und ihre Aussage formulieren. Da das Plakat immer etwas sagen will und dies im voraus weiß, ist der Text, auch wenn er ungeschrieben bleibt, ihm wesenseigen. Es ist ein Text-Bild, ein Bild, das man in Worten ausdrücken kann, und steht damit der mündlichen und schriftlichen Verständigung näher als z.B. ein Kunstwerk.

Das Plakat lenkt die Aufmerksamkeit auf etwas, das wir wünschen oder ablehnen sollen, man versucht zu manipulieren. Wie das Kunstwerk ist auch das Plakat der unvergleichlichen Anziehungskraft des Bildes verpflichtet. Aber im Unterschied zum Kunstwerk muss das Plakat sofort angenommen und gelesen werden.

Plakatgestaltung ist keine abstrakte Formkunst, ihre Geschichte nicht die ästhetischer Kategorien. Hier steht die Forderung, mit äußerstem Engagement nach dem richtigen, bestmöglichen Ergebnis zu streben und den Empfänger der Botschaft als Dialogpartner zu respektieren und zu aktivieren. Dies verlangt außergewöhnliche kreative Lösungsstrategien wie

1. EINFACHHEIT–Reduktion nicht als Selbstzweck, sondern im Sinne von Weglassen alles Überflüssigen verstanden. Ein wirksamer Weg, um über mehrere Destillationsvorgänge zur Essenz des Themas zu gelangen.
Das Einfache darf nicht banal und gekünstelt wirken, es muss eindeutig sein. Die Idee liegt nackt und bloß, Ausreden sind nicht mehr möglich. Analytischer Scharfsinn und Mut sind gefragt.

2. ORIGINALITÄT–im Sinne der Verfremdung.
Es muss gelingen, Vertrautes unvertraut zu machen, es in neuer Sichtweise erscheinen zu lassen. Das wird in der heutigen reizüberfluteten Welt, in der man scheinbar alles schon mal gesehen hat, ungeheuer schwierig. Es gilt, durch kleine Verschiebungen und verblüffende

Plakatkonzeptionen entwickeln ist wie auf die Jagd gehen, auf der Lauer liegen, das lange Warten, die langsamen Bewegungen beim Heranpirschen an das, was noch nicht existiert. Die Unbefangenheit beim Umgang mit malerischem, grafischem, fotografischem und typografischem Material eröffnet ungeahnte Räume für eine überzeugende Qualität.

Die Vielfalt der Stile, Techniken und Strategien lässt eigentlich keine stereotype Agitation zu und mumifiziert keine überlebten Symbole. Das angestrebte Ergebnis sollte im besten Fall eine unverwechselbare Originalität aufweisen, die Konzepte sehr variabel und stets spannungsgeladen visualisiert sein.

Gleich ob uns ein Plakat sozialkritisch, werbend, einladend, mahnend oder herausfordernd gegenübertritt, es sollte sensibel und souverän daherkommen. Hier lapidar, dort wuchernd, salopp oder perfekt-präzise müssen die Einfälle dem jeweiligen Thema zu Leibe rücken.

Das Doppelbödige, das Zwielichtige, das Zweideutige ist gefordert und erwünscht. Die ständige kreative Auseinandersetzung mit den Konditionen unserer gespaltenen Innen- und Außenwelt sollte sich in den gefundenen Lösungen widerspiegeln. Metaphorisch in der Ansprache sowie auch dialogisch, da sie Fragen stellen und zu Antworten zwingen sollen.

Die Lässigkeit, Leichtigkeit, Beiläufigkeit, mit der selbst schwerwiegende Probleme angepackt werden, vereitelt das Schul-meisterliche, Starre, das zu bald Banale, also Tödliche dieser auf Vitalität angewiesenen, scheinbar leichten Muse. Plakate müssen pulsieren, wie ihre Lebensräume, die von Passanten wimmeln, auch. Es gehört schon viel Kunst (der Überraschung, der Faszination und auch des Schocks) dazu, einen Flüchtigen in seiner Eile anzuhalten und nachdenklich zu stimmen.

Der Plakatgestalter sollte kein Theoretiker und auch kein Probierer sein, der, wie ein Fotograf, dutzende Aufnahmen macht, um die beste auszuwählen. Gefragt ist ein Pragmatiker der Gedanken. Auswahl findet im Gedanklichen, im Geistigen statt. Er sollte analytisch, dialektisch, diskursiv und lateral denken, sein gestalterisches Experimentieren auf "Arbeit und Spiel" beruhen und er sollte u.a. auf die Triebkräfte "Neugier", "Ehrgeiz" und "Notwendigkeit" setzen, um Wertvorstellungen, Grundhaltungen, Erfahrungs-und Gefühlswerte in angemessener Gestaltung zu artikulieren.

Einflüsse aus den Bereichen der "Freien Künste" sollten reflektiert werden, denn die Summe der Erfahrungen, welche dort in Vorreiterrolle anhand absoluter, zweckfreier, experimenteller Arbeit entstehen, ist für den kreativen Arbeitsprozess des Designers von innovativer Bedeutung.

Dieser Einfluss und der bewusste Umgang mit diesem Vokabular, ist Voraussetzung, damit das gestalterische Bemühen nicht über kurz oder lang beim seelenlosen Manipulieren oder bei nichtssagenden dekorativen Lösungen endet. Ein gesundes Verhältnis von Kopf und Bauch ist maßgebend, um eine lebendige Verständigung zwischen Gestalter und Rezipienten zu ermöglichen. Die Freiheit des Schaffens beruht nicht auf der Grenzenlosigkeit der Ausdrucksmittel, sondern auf freier Bewegung innerhalb ihrer strengen gesetzmässigen Begrenzung.

Gefordert ist ein hohes Abstraktionsvermögen. Gedankengänge werden grafisch komprimiert, aber Bildreduktionen, selbst in ihrer extremsten Form, sind das Ergebnis einer analytischen Auseinandersetzung mit einer ganz konkreten Vorgabe, wo den gewonnen Erkenntnissen die Abstraktion als logische Konsequenz folgt. Auslassen, Weglassen, das ist die Ebene, auf der sich Plakate mit dem Telegramm treffen. Ein Telegramm besteht aus dem Weglassen von unnötigen

Das Plakat ist tot, es lebe das Plakat!

Das Plakat ist ein etabliertes Medium. In monumentalem oder kleinem Format taucht es ungerufen auf, füllt Ladentüren, Wände, flankiert Fahrbahnen, verdeckt Baugruben und stellt sich jedermann entgegen. Seine selbstverständliche Gegenwart im öffentlichen Raum führt zu einer Verankerung im öffentlichen Bewusstsein. Ordentlich geklebt – oder improvisiert plaziert – kommt man nur an Plakaten vorbei, indem man über ihre Wahrnehmung entscheidet. Als einseitig ansprechendes, nicht wirklich dialogfähiges Medium wirkt das Plakat durch optische Konfrontation auf die Sinne. Bewußt oder unbewußt erhalten wir Orientierungen durch sinnliche Impulse, die wir emotional oder verstandesmäßig umsetzen, die wir als Überraschung oder sachlich als Information begreifen. Wir entscheiden blitzschnell, wie wir damit umgehen wollen. Kurz – das Plakat tut etwas mit uns.

Dieser Umstand macht die Betroffenen immer wieder neugierig, wie der Mechanismus einer plakativen Ansprache funktioniert. Hier nun stößt man auf die wichtige Rolle der Autoren und Gestalter, deren Arbeit den eigentlichen sinnlichen Stoff der Plakatbotschaften ausmacht. Die unübersteigbare Wirkungsgrenze des Plakates liegt fest, und zwar liegt sie in der Verständnisfähigkeit und Aufnahmewilligkeit der Adressaten, an die sich die Botschaft im Auftrag einer bestimmten Interessengruppe wendet. Wiederum die logische Konsequenz: intelligent und präzise, suggestiv und eindringlich den Charakter der Aufgabenstellung zu interpretieren. Das Plakat, die sogenannte Königsdisziplin der klassischen Printmedien, über weite Strecken unseres vergangenen Jahrhunderts ein überaus erfolgreiches und gewichtiges Kommunikationsmittel, bedacht mit solch analytischen Anmerkungen wie "Ein effektvolles Plakat an der Säule macht unsterblich für 24 Stunden", oder "Das Plakat ist eine Fläche, die ins Auge springt", oder "Das Plakat, ein Kind des Tages, muss das Gewand des Tages tragen" oder der schier kategorische Imperativ "Ein Plakat ist ein Plakat ist ein Plakat", scheint durch vielerlei Umstände auf dem besten Wege zu sein, sich von dieser Position zu verabschieden. So die immer häufiger zu hörende Meinung. Es wären nicht allein die uns zu Hauf angebotenen unzähligen belanglosen Schöpfungen, die den Verschleiß dieses Mediums vorantrieben, es wären nicht die ökonomischen Zwänge, die dem Auftritt des Plakates entgegenstehen, sondern auch gravierende Veränderungen im Kommunikations – Design, oder die Medienvielfalt, die es uns heute erlaubt, Botschaften aller Art der jeweiligen Zielgruppe differenziert frei Haus zu liefern. Schon diese unvollständige Aufzählung einiger Faktoren, die den neuerlichen Handlungsspielraum des Plakates stark einengen würde, könnte einer negativen Zukunftsprognose das Wort reden. Doch das Plakat, in den letzten Jahrzehnten schon mehrfach aus unterschiedlichen Gründen totgesagt, wird trotz aller Unkenrufe auch weiterhin seinen Platz als Vermittler von verschiedenartigsten Botschaften behalten, vorausgesetzt, der variable Ort der Begegung im öffentlichen Raum bleibt erhalten, wie schon gesagt, intelligente Lösungen werden angeboten.

Das Plakat hat sich wie zu allen Zeiten, jedoch heute noch vehementer, in seinem öffentlichen Wirken gegenüber einer Fülle von akustischen und optischen Eindrücken des Umfelds durchzusetzen. Rasch zupackend soll es seine Aufgabe erfüllen. Es muss ins Auge springen, es muss mühelos aufgenommen werden können, es soll auffallen, es kann agressiv sein, fast in demselben Augenblick, da es uns als Fremdes anspricht, soll es "eingebürgert" sein und dabei eine überaus vielschichtige Zielgruppe von Betrachtern erreichen, mit mannigfaltigen Interessen, Kenntnissen und Absichten, Passanten, die der Zufall unterschiedslos heranbringt. Die unverhoffte, unangemeldete Konfrontation mit einem Thema, klar und deutlich in der Sprache, verständlich, ohne Lüge, anregend und wenn möglich charmant, ein intelligenter Witz, eine neue Sehweise, ein "missing link", das der Betrachter erst in Gedanken hinzufügen muss und dadurch fast spielerisch in den Dialog einsteigt, sind Gegebenheiten, die dem Plakat seinen besonderen Platz und seine besondere Wirkung garantieren können.

就被撕扯下来，被下一张覆盖，被取代而被遗忘。今天，因为社会学家研究海报与社会的关系，符号学学家则研究海报语言的合法性，精彩的海报被当作视觉的俳句，得到附加的注意与肯定。超越海报的张贴期，国际海报双年展展示、比较挑选出来的海报，还有各大洲的重要博物馆也收集海报——海报成为独一无二的记录时代的文件。

海报的生命虽然短暂，它能提供给我们的东西却很多，这也是海报能存活下来的理由。我们可以把那衍生出来的东西，看成是美学的，也就是说把它当作纯粹的形象存在面，超过捕捉眼光及相关的行为而活下来。这个存在面超出意义与敦促的性格 ——它是可感觉到的和用之不竭的系统，就像一件自由艺术的作品所具有的。

美术设计、连同海报媒体，都不断地陷入大广告公司的手里，作者从一个人变成一个团队，广告变成工业。我们可以用回瞻过去几十年来大师们的个人成就的眼光，对现在的这种情况表示遗憾。未来在海报的领域中，中等水平以上的人才会是所谓"横跨领域的人"，因为他们有足够的自由空间与创作自由以资利用，可以不断地打破僵化的造型陈规而找出新的方向。

格吕特纳

另一种文本——图，一幅可以用文字表现出来的图，也因此，它比一件艺术作品更容易以口头和书写的方式理解。

海报要将我们的注意力转移，不管是期待或拒绝，想办法去操控。就如同艺术作品，海报也有义务具备无与伦比的图像吸引力。但与艺术不同的是，海报必需立刻就能被接受与阅读。

海报的设计不是抽象的形式艺术，它的历史不属于美学的范畴。海报设计要求的是全神贯注于达到最正确、最好的结果的努力之上，同时把信息接受者当作对话伙伴尊重，引起他们积极地参与。这些都需要杰出、有创意的解决手段，例如：

1．简单性——不是为了简约而简约，而是舍去所有的累赘的意思。是一条有效的，如一再地蒸馏，以到达主体的核心的办法。简单不是指平庸乏味或矫揉造作，而是指不含糊。想法就赤裸裸的在那，不可能有任何借口规避。具有分析性的敏锐洞察力和勇气两者是必要的。

2．原创性——异化的意思。必须成功地把熟悉的变成不熟悉，让它以崭新的形象出现。在今天视觉刺激泛滥的世界里我们好像什么都看过了，要做到此点无比困难。正需要的是通过小小的位移或让人惊愕的关联，抽掉熟悉事物的立足之地，接着再将它重新铺上。要做到这点，作者与主题要有距离，不要老老实实忠于对原意的模仿，而要具备一种会把被遮避的，事先没料到的观点显现出来的反思。这样一来会增加更多的效果，更深入到观者的意识里。

3．永恒的急迫性——就像前面就提到的，一个聪明的解决办法不应该是跟风流行，上时代精神的当。它应该随时都给人觉得合乎时代、不落伍。然而，最后就是常常所要求的实用主义。也就是说，重大的限制和规定，不应该被视为负担而该被视为挑战。任务的困难度越高，也就越有魅力。如此一来，一位设计师就不允许自己没节制、绕弯路、他得由此限制点直接跳入主题，他得在最短的时间内，全神贯注在手法上，得到最大的效果。务实并不就代表要妥协。

海报就其达成一定目的的特质来说，生命并不长。就像我们看完报就扔了它，同样的海报一完成它的任务 —— 一种为了取信看过这张海报的人的行为，

先驱者在完全没有目的的工作时形成的。这对设计工作者的创作过程富有革新的意义。

这方面的影响和有意识地利用艺术家的语言，可以避免有一天造型的工作变成没有灵魂的操纵或无所谓的装饰。为了让设计人与观者间能有效地沟通，理性思考与直觉之间的健康关系是有决定性的。创作自由不是建立在表现方式的无边无界之上，而是建立在严格规律的界限内、自由的运行之上。

我们要求的是高度的抽象能力。思路要能简化成平面的设计，可是图的简化就算是有最极端形式的图，也是就具体的预先规定分析研究结果，从而赢得认知。此认知的抽象化，则是逻辑上的必然性。留白、舍去是海报与电报在某个层面上相同的地方。一封电报的组成是通过删除不必要的东西以及揭示出信息的核心。但是一封电报局限在传递一清二楚的信息，而好的海报则将复杂、常具有多重意义的想法视觉化。图不仅是通过内容，也通过根本无可言喻的形式，唤起我们的想象力。阅读和看到的东西是一回事，而真正的含义又是另一回事了。

高度的革新品质和自己独特风格的原创性，有系统的抽象思考能力，找到形式与内容的平衡，都是做出微妙和不寻常的沟通性图像语言的前提。

海报设计家的首要任务有二：一、形式上要简单，内容上要有多层面——具有最高的精准度与有活力的简练视觉信息。二、不断努力，尝试明明白白地对抗昙花一现与后现代随随便便的设计潮流。

图上的想法必须基于对观者的人道关怀立场，以及要顾及观者对当时传达的信息有知性和艺术的要求。没有一个个人僵化掉的"风格"可以决定这个结果，造型的手段对主题的本质而言必须是适当的。

海报设计是为达到和谐的对话而丰富精彩的工作领域。

一个例子：一个人选择了一种方法，不说出文本，要求我们去找出与描绘相吻合的文本。我们只有在对一幅图有反应，并说出它要表达的东西的时候，才能叫做读一幅图。由于海报一定是要说什么，而且事先就已知道，所以海报是文本，这是海报自己的性格特征，就算它不是书写文字。它是

没有预先通知的情况下，针对一个主题，语言上清楚明显，可让人理解的，没有谎言，使人耳目一新。要是可能的话还要有魅力，机智的幽默，崭新的视角，像有关键性的联结点，观者必须在思路上与它接上，并且游戏般地加入这场对话。只有这些条件才能保证海报独特的地位和它特有的效果。

酝酿出一张海报的初稿就如打猎一般，埋伏以待，悄悄地缓慢接近尚未存在的东西。无拘束地使用绘画、版画、摄影以及印刷的材料，打开未知的空间，以得到说服人的品质。

风格的多样性，技术与策略事实上并不允许刻板的宣传，也不是将陈旧的象征做成木乃伊。所要追求的成果在最好的情况下具有独特的原创性，在想法上非常多变，并且在视觉化后仍能持续负载着张力。

无论一张海报是以社会批判性的、招揽性的、邀请性的、警世性的或是挑战性的形式出现，它都应该既敏锐又有信心地出现。有的地方可以简明扼要，有的地方可以枝蔓横生，大咧咧的或是完美精确，但这些想法都要能解决一张海报的任务问题。

模棱两可、可疑、一语双关都是有必要也是被期待的。持续地与我们疏离的生存条件作创造性的讨论，应该在解决办法之中反映出来。引人产生兴趣的同时，除了要有隐喻性，还要有对话性，因为海报要提出问题也要逼出答案。

以轻轻松松的态度对待问题，就算在面对很难的问题时，也是如此。这种态度可以破坏掉好为人师、僵化、庸俗，以及对活泼性很关键的、轻快的缪斯的致命伤。海报必须是生气勃勃的，就像它所在的生活空间。这就需要很多（令人惊奇、着迷、震惊）的艺术，要让匆匆路过的行人停下脚步，想一想。

设计海报的人不应该是搞理论，也不应该是试运气的人。这就像是摄影家，拍十几张照片只为挑选出其中最好的一张。我们要找的是有思考力的、务实的人，他可以在大脑中就进行筛选。他必须有分析、辩证、表达和侧面切入的思考能力，他的造型尝试要基于"工作"与"游戏"之上。此外他还要寄托在"好奇"、"雄心"和"必然性"的驱动力上，以把价值观、基本态度、生活和感情的价值得体地用造型表达出来。
应该要反映出从"自由艺术"范畴而来的影响，因为艺术界的经验是艺术

海报已死，海报万岁！

海报是由来已久的媒介。无论是巨型的，或是小型的，随时都会出现。它填满了店铺的大门、墙壁，左右拥簇着的车道，遮蔽了工地的坑洞，迎接着每一个人。它在公共空间理所当然地出现，也产生了与公共意识的一定关系。不管是规规矩矩地张贴或是即兴式地放置，只有观者真正看到才算数。海报单方面引起兴趣，并非是真正有对话能力的媒体。海报通过视觉上的相遇，在感官上产生作用。我们有意识或无意识地，经由感官的刺激得到一些概念，以情感的或理性的方式转换这种刺激，以了解所接受的事物是惊奇的新鲜事还是务实的资讯。我们是在瞬息间决定要如何看待它的。简单地说，海报在我们身上做了功。

这种情况让我们一直很好奇，究竟海报引起人的兴趣是如何运作的？首先，作者和设计者扮演很重要的角色，他们的工作和一张海报真正的感官内容有很大的关系。而海报最高效果的临界点则是一定的，关键在于接受信息之人的理解力与接受度。这些人又是某个利益团体所委托欲诉求的对象。而必然的逻辑结果就是：精准、有智慧、有启发性、强烈地去诠释工作任务的特质。海报是所谓传统的印刷媒体之王，在过去的几世纪中，是非常成功和重要的传播媒体，看看以前对海报的一些分析性的评语就可了解。譬如："柱子上一张有效的海报 24 小时不死"，或是"海报是跳入眼睛内的一张纸"，"海报是当代之子，必须穿着当代的服饰"，还有那句十足命令式的 "一张海报是一张海报，就是一张海报"。不过，今天看起来，海报好像要与这个崇高的地位道别了。这种说法时有听闻。不只是因为成堆的平庸作品导致海报这种媒体渐渐耗损，也不只是因为海报的狭隘的经济实用性，更因为在通讯传播设计上的巨大的改变。换句话说，多样的媒体，允许我们今天能够将各式各样的信息免费送到特定的人群面前。我们还没数出所有的理由，不过，就光这几条理由，就已大大地限制了海报的活动余地。或许可以预见出海报的未来是负面的。过去的几十年来，海报每每因不同的理由，被宣告死亡，不过尽管有种种的不祥预言，海报依然保有它作为传递种类大不相同的信息的媒体地位。前提是要保有在公共空间中运作的不同地点，就像前面所提到的，有智慧的解决办法要提出来。

海报在许多时代必须得到认同，尤其是现今面对处处是音效和视觉形象的周遭。海报要在一霎间完成任务。它要能跳入眼帘中，它要不费力地被接收到，它要特别，也可以有攻击性，就是要几乎在同一瞬间，这个引起我们兴趣的陌生物必须 "被接纳"，同时还要能够触及完全不同层面的观众群，以丰富的趣味、知识与意图，同样程度地吸引偶然路过的人。在出乎意料、

Biography of Erhard Grüttner

1938 born in Wohlau near Breslau
High school certificate
Training to become a lithographer
Studied at the Hochschule für Grafik und Buchkunst in Leipzig

Employed as head of the graphic studio of the Progress Film-Verleih Berlin
Since 1969 working as a freelance artist in Blankenfelde near Berlin
Fields: Poster, illustration, book design, art in architecture, TV graphics
Since 1995 professor for graphic design (classical print media) in the Hochschule
Anhalt / Dessau

Since 1966 participation in national and international exhibitions, competitions
and invitations
Including 1989: 66 posters for human and civil rights, Convent des Cordeliers, Paris
2005/06: The Graphic Imperative – International Posters for Peace, Social Justice
and the Environment (Boston, Philadelphia, New York)

Selected solo and group exhibitions:
Potsdam, Halle, Berlin, Zürich, Sofia, Listovel, Paris, Cottbus, Prague, Rostock,
Brno, Dessau, Weimar, Turin, Budapest, Tokyo, Rheinsberg, Emmerich,
Düsseldorf, Essen, Toyama, Chemnitz, Bayreuth, Dresden, Lübeck, Basel,
Geneva, Hong Kong

International exhibitions and poster biennials: Warsaw, Lathi, Brno, Mons,
Amsterdam, Budapest, Helsinki, Sofia, Fort Collins, Osnabrück, Buenos Aires,
Pécs, Paris, Tokyo, Chicago, Richmond, Moscow, Essen, Petersburg, Madrid,
New York, Glasgow, Nancy, Riga, Lodz, Chaumont, Shanghai, Toyama, Seoul,
Turin, Hong Kong, Ningbo, Toronto, Barcelona

Posters are collected by many national and international collections and galleries.
Appointed to national and international juries

Prizes and recognition in national and international poster exhibitions and
competitions

Biographie von Erhard Grüttner

1938 in Wohlau bei Breslau geboren
Mittlere Reife
Ausbildung zum Lithografen
Studium an der Hochschule für Grafik und Buchkunst in Leipzig

Mitarbeiter und Leiter des grafischen Ateliers des Progress Film-Verleih Berlin
Seit 1969 freischaffend tätig in Blankenfelde bei Berlin
Arbeitsgebiete:Plakat, Illustration, Buchgestaltung, Kunst am Bau, Fernsehgrafik
Seit 1995 Professur für Grafik-Design (Klassische Printmedien) an der Hochschule Anhalt / Dessau

Seit 1966 Teilnahme an nationalen und internationalen Ausstellungen, Wettbewerben und Einladungen
u.a. 1989: 66 Affiches pour les droits de l'hommes et du citoyen, Convent des Cordeliers, Paris
2005/06: The Graphic Imperative - International Posters for Peace, Social Justice and the Environment (Boston, Philadelphia, New York)

Personalausstellungen und Ausstellungsbeteiligungen (Auswahl):
Potsdam, Halle, Berlin, Zürich, Sofia, Listovel, Paris, Cottbus, Prag, Rostock, Brno, Dessau, Weimar, Turin, Budapest, Tokyo, Rheinsberg, Emmerich, Düsseldorf, Essen, Toyama, Chemnitz, Bayreuth,Dresden, Lübeck, Basel, Genf, Hongkong

Internationale Ausstellungen und Plakat-Biennalen:
Warschau, Lathi, Brno, Mons, Amsterdam, Budapest,Helsinki, Sofia, Fort Collins, Osnabrück, Buenos Aires, Pécs, Paris, Tokyo, Chicago, Richmond, Moskau, Essen, Petersburg, Madrid, New York, Glasgow, Nancy, Riga, Lodz, Chaumont, Shanghai, Toyama, Seoul,Turin, Hongkong, Ningbo, Toronto, Barcelona

Plakate befinden sich in vielen nationalen und internationalen Sammlungen und Galerien
Berufung in nationale und internationale Jurys
Preise und Anerkennungen bei nationalen und internationalen Plakatausstellungen und Wettbewerben

格吕特纳简介

1938 年生于贝雷斯劳附近的沃兰
中学毕业
接受平版画技术训练
就读于莱比锡平面设计及书籍艺术学院

受雇于柏林进步电影发行公司，任职平面设计部主管
自 1969 年起在柏林附近的布兰肯费德从事自由创作
从事领域：海报、插图、书籍设计、建筑物艺术品、电视图形
自 1995 年起担任安哈特德绍大学平面设计（经典印刷媒体）教授

自 1966 年起参加国家及国际性展览、比赛及接受邀请，
包括：1989 年 66 张人权及公民权海报，巴黎科德利耶修道院现代美术馆；
2005 年—2006 年：平面设计行动——为和平、社会公义及环境而设计的国际海报展

部分个展及群展城市：
波茨坦、哈雷、柏林、苏黎世、索非亚、李斯托维、巴黎、科特布斯、布拉格、罗斯托克、布尔诺、德绍、魏玛、杜林、布达贝斯、东京、莱恩斯贝格、安默利希、杜塞尔多夫、埃森、富山、开姆尼茨、拜罗伊特、德累斯敦、卢卑克、巴塞尔、日内瓦、香港

国际展览及海报双年展城市：
华沙、拉斯、布尔诺、蒙斯、阿姆斯特丹、布达贝斯、赫尔辛基、索非亚、科林斯堡、奥斯纳布吕克、布宜诺斯艾利斯、佩奇、巴黎、东京、芝加哥、列治文、莫斯科、埃森、圣彼得堡、马德里、纽约、格拉斯哥、南斯、里加、洛次、肖蒙、上海、富山、首尔、杜林、香港、宁波、多伦多、巴塞罗那

海报收藏于多个国家及国际性收藏机构
被委任为国家及国际性评审
在国家和国际海报展及比赛中获奖和获殊荣

跨越中西——
靳埭强与格吕特纳的海报对话

Zwischen dem Chinesischen und dem Westlichen Ein
Plakatdialog zwischen Kan Tai-keung und Erhard
Grüttner

Between Chinese and Western
A Poster Dialogue between Kan Tai-keung and Erhard
Grüttner

图书在版编目（ＣＩＰ）数据

跨越中西：靳埭强与格吕特纳的海报对话／靳埭强编
著.—合肥：安徽美术出版社，2008.1
ISBN 978-7-5398-1817-7

I. 跨... Ⅱ.靳... Ⅲ.①宣传画 - 作品集 - 中国 - 现代
②宣传画 - 作品集 - 德国 - 现代 Ⅳ.J238.1

中国版本图书馆CIP数据核字（2008）第003356号

责任编辑：曾昭勇　　张李松

书籍装帧：林　靖　　刘　青

书　　名：跨越中西——靳埭强与格吕特纳的海报对话

编　　著：靳埭强

出版发行：安徽美术出版社
地　　址：合肥市政务文化新区圣泉路1118号出版传媒广场14楼
邮政编码：230071
电　　话：（0551）3533601

印　　刷：北京图文天地制版印刷有限公司
开　　本：1/16
印　　张：15.25
版　　次：2008年1月第1版
印　　次：2008年1月第1次印刷

书　　号：ISBN 978-7-5398-1817-7
定　　价：57.00元